D0563495

Noche secreta

YVONNE LINDSAY

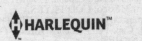

Editado por HARLEQUIN IBÉRICA, S.A.
Núñez de Balboa, 56
28001 Madrid

I.S.B.N.: 978-84-687-3617-4
Depósito legal: M-24140-2013
Editor responsable: Luis Pugni
Fotomecánica: M.T. Color & Diseño, S.L. Las Rozas (Madrid)
Impresión en Black print CPI (Barcelona)
Fecha impresion para Argentina: 5.5.14
Distribuidor exclusivo para España: LOGISTA
Distribuidor para México: CODIPLYRSA
Distribuidores para Argentina: interior, BERTRAN, S.A.C. Vélez
Sársfield, 1950. Cap. Fed./ Buenos Aires y Gran Buenos Aires,
VACCARO SÁNCHEZ y Cía, S.A.

Capítulo Uno

Su madre estaba viva.

Ethan Masters caminaba atontado por las calles de Adelaida con aquellas palabras revoloteándole por la cabeza. Todavía estaba intentando digerir la reciente e inesperada muerte de su padre, creyendo que era lo más duro a lo que se iba a tener que enfrentar en la vida, y aquel mismo día se acababa de enterar que el hombre al que había idolatrado y adorado sobre todas las cosas les había mentido a él y a su hermana durante veinticinco años.

Sentía una mezcla de dolor y traición que le oprimía el pecho. No sabía qué hacer. Una parte de sí mismo deseaba no haberse enterado nunca. De hecho, si no hubiera sido porque había descubierto una anomalía en las cuentas de su padre, tal vez seguiría sin saber nada. Cuando el abogado de la familia se había mostrado reacio a darle explicaciones, su curiosidad por saber qué era aquel pago mensual había crecido.

Así que ahora lo sabía todo. Su madre los había abandonado y había aceptado el dinero de su padre para no volverse a acercar a ellos, dejando que sus hijos creyeran que había muerto en el accidente de coche.

3

Y lo que era todavía peor, los hermanos de su padre, el tío Edward y la tía Cynthia, habían sido cómplices de la mentira.

Aquello contradecía todos los principios familiares con los que había crecido. Enterarse de que aquellas personas en las que tanto confiaba lo habían estado engañando era más de lo que podía soportar.

Lo que tenía que hacer era volver a casa, hablar con sus tíos y contarle la verdad a su hermana, pero si él todavía no había sido capaz de digerir la información que le habían dado, ¿cómo se lo iba a contar a Tamsyn?

Al imaginárselo, sintió un escalofrío por la columna vertebral. Tamsyn era buena por naturaleza. Le gustaba ser feliz, quería que todo el mundo lo fuera y se esforzaba mucho por ayudar a los demás a serlo. Aquella noticia podía destrozarla y Ethan no podría soportarlo. No quería ser el responsable de causarle tanto dolor. No, tenía que lidiar él solo con aquel problema y decidir lo que tenía que hacer sin molestar a sus familiares.

Algo le llamó la atención. Se trataba de una joven que resaltaba por encima de los oficinistas que estaban saliendo del trabajo. Era una mujer menuda, delgada y rubia que iba vestida con un vestido multicolor que le marcaba la silueta de las nalgas y de los muslos. Al conductor del coche que estaba pasando en aquellos momentos a su lado debió de gustarle porque le dedicó un silbido de aprobación.

La joven llevaba una mochila muy grande a la espalda, una mochila que no iba en absoluto con su atuendo. Aquello intrigó a Ethan, que se quedó mirándola hasta que la perdió de vista cuando la chica entró en un bar cercano.

Sin pensar lo que hacía, Ethan la siguió. Al entrar, se encontró en un local ruidoso lleno de turistas, estudiantes y oficinistas. Consideró la posibilidad de irse, pero decidió que le vendría bien tomar una copa, así que se dirigió a la barra.

Mientras lo hacía, miró a su alrededor en busca de la mariposa multicolor que lo había conducido hasta allí, pero no la vio.

Unos minutos después, comenzó a sonar una música que atrajo a mucha gente a la pista de baile. Ethan pensó que aquella gente tenía una existencia mucho más fácil que la suya y se puso a mirarlos bailar mientras se tomaba una copa de vino tinto. No pudo dejar de pensar en que la vida que había llevado desde el accidente de coche había estado basada en mentiras y más mentiras.

Recordó que su padre había cambiado mucho después del accidente. Se había convertido en un hombre más exigente y menos confiado. Entonces, Ethan tenía seis años y, una vez se hubo repuesto de las heridas, concluyó que lo que le pasaba a su padre era que estaba tan triste y solo como su hermana y él.

Por eso, se esforzó todo lo que pudo para complacer las exigencias de su progenitor. ¿Y para qué? Para descubrir que John Masters había estado viviendo en una gran mentira los últimos veinticinco años y, lo que era todavía peor, que había obligado a los que le rodeaban a hacer lo mismo.

Ethan se llevó el vino a la boca y dejó que el aroma a frutos rojos le explotara en la lengua y se deslizara por su garganta. No estaba mal, pero no se podía comparar con su último caldo, reconocido internacionalmente con varios premios. Cuando el alcohol le llegó al estómago, recordó que no había comido nada desde la mañana.

–¿Pensando mucho?

Al oír la voz femenina, se giró y se encontró a la mariposa sentada en el taburete de al lado. Se dio cuenta de que era mayor que los estudiantes que había por allí, pero que tampoco encajaba en el grupo de los oficinistas. Tenía los ojos azul claro y la piel ligeramente bronceada.

–Sí, un poco –respondió.

–Dicen que problema compartido problema resuelto, ¿no? –comentó ella con una sonrisa–. ¿Quieres hablar de ello?

Le brillaban los labios de manera natural y el pelo le llegaba a los hombros. El vestido le quedaba de maravilla, lo que hizo que Ethan sintiera una descarga de energía sexual por todo el cuerpo, pero, a pesar de que la había seguido hasta el interior del bar, no era de los que ligaba en los bares.

Ligar con una desconocida no era la respuesta a sus problemas. No era su mejor momento.

–No, gracias.

Lo dijo más bruscamente de lo que era su intención. La chica sonrió como si no le hubiera importado su rechazo y se giró hacia el camarero para pedir algo, pero Ethan se sintió mal por cómo la había tratado. La sentía muy presente a su lado, veía su mano y sus uñas, sorprendentemente cortas, sobre la barra de madera, percibía el aroma de su colonia y sentía el ritmo de su cuerpo moviéndose con la música.

Debería pedirle perdón y, cuando se giró hacia ella para hacerlo, descubrió que se había tomado de un trago el chupito que había pedido y se alejaba entre la gente.

Al instante, sintió cierto alivio, pero también una potente sensación de pérdida. Giró el taburete de nuevo hacia la pista de baile y se quedó mirándola. Se movía con una gracia natural maravillosa y Ethan tuvo ganas de bailar. Hacía mucho tiempo que no se relajaba y se dejaba llevar. Debería haber aceptado su intento de acercamiento. Se había precipitado al rechazarla y ahora no podía dejar de mirarla.

Un tipo con aire de ejecutivo se levantó de una mesa y se dirigió a la pista de baile. Se colocó detrás de la rubia, le puso las manos en las caderas y comenzó a bailar de manera sugerente con ella. Ethan sintió que la rabia lo poseía, pero se dijo rápidamente que no tenía por qué preocuparse por aquella mujer. No le correspondía a él cuidarla.

La chica agarró las manos del recién llegado con delicadeza y las apartó de su cuerpo. Ethan se irguió. Si le hubiera gustado que la tocaran, no habría ningún problema, pero por lo visto no era así…

El tipo dio un traspié, pero se enderezó, agarró a la chica de la mano y la giró hacia él para decirle algo al oído. A la mariposa se le contrajo la cara en una mueca de disgusto y negó con la cabeza mientras intentaba zafarse del desconocido. Ethan sintió que le hervía la sangre.

No era no.

En un abrir y cerrar de ojos, se abrió paso entre la gente, sabiendo muy bien lo que iba a hacer.

—Perdona por el retraso —dijo plantándole un beso en la mejilla a la sorprendida chica—. Está conmigo, tío —añadió mirando al otro hombre.

Afortunadamente, el otro tipo, algo borracho, se disculpó y volvió a su mesa. Ethan se giró hacia la rubia.

—¿Estás bien? —le preguntó.

—No hacía falta que hicieras nada. Sé cuidarme yo sola —le espetó ella.

—Ya lo veo —comentó Ethan irónico.

Le sorprendió que la chica se riera.

—Supongo que debería darte las gracias —comentó sonriente.

—De nada —contestó Ethan—. No parecía que te estuviera gustando demasiado su compañía.

—No, desde luego que no —admitió la chica extendiendo la mano hacia él—. Soy Isobel Fyfe.

—Ethan Masters —contestó Ethan aceptando la mano y dándose cuenta al instante de lo pequeña que era comparada con la suya.

Ethan sintió que el instinto protector por aquella chica se acrecentaba.

La música estaba muy alta e Isobel no entendió el apellido de su salvador, pero se dijo que tampoco tenía mayor importancia.

–¿Me permites que te invite a una copa o a cenar en otro sitio? –le sugirió Ethan.

La chica se quedó pensativa un momento y Ethan temió que fuera a decirle que no.

–Vámonos a cenar –contestó por fin–. Voy a buscar la mochila –añadió dirigiéndose a la barra.

Ethan la dejó partir y, cuando volvió a su lado, automáticamente se ofreció a cargar con la mochila.

–No, no hace falta, ya la llevo yo. Estoy acostumbrada –contestó Isobel.

–No lo digo porque no puedas con ella sino para que me permitas sentirme un caballero por ayudarte. Te prometo que no la perderé.

–Bueno, si te pones así –sonrió Isobel entregándole la mochila, que tenía pegatinas del aeropuerto–. La verdad es que no me va nada con los zapatos.

Ethan se fijó entonces en que lleva unas sandalias de tacón alto.

–¿Tomamos un taxi o vamos andando?

–¿Dónde habías pensado ir?

Ethan le dijo el nombre de un restaurante griego que no quedaba muy lejos.

–Entonces, podemos ir andando –contestó ella agarrándolo del brazo–. Hace una noche maravillosa.

Ethan se colgó la mochila de un hombro sin importarle que le arrugara su precioso traje de Ralph Lauren.

–No te gustan esos sitios, ¿verdad? –le preguntó Isobel.

–¿Tanto se me ha notado? –sonrió Ethan.

–Sí –contestó la chica.

Aquello intrigó a Ethan y le preguntó por qué.

–Por varias cosas. Para empezar, por tu comportamiento. Eres diferente. Algunos podrían pensar que es el aire que dan el dinero y los privilegios, pero yo creo que hay algo más. Parece que nada te da miedo –contestó Isobel tomándole ambas manos entre las suyas y volteándolas una y otra vez–. Definitivamente, cuidadas, pero sin exagerar. Sí, estás acostumbrado a mandar y a que tus órdenes se cumplan inmediatamente, pero también estás dispuesto a trabajar duro.

Aquello hizo reír a Ethan.

–¿Sabes todo eso de mí con solo mirarme?

Isobel se encogió de hombros.

–¿Cruzamos?

¿Cuándo había sido la última vez que se había permitido actuar así, por impulso? Nunca.

Isobel sentía un antebrazo fuerte bajo sus dedos, lo que la hizo sentir un chispazo de anticipación. Se sentía tan emocionada como cuando sabía que había hecho una fotografía especialmente buena.

Sentía el mismo nerviosismo que cuando estaba a punto de vivir algo grande y ella estaba entregada a vivir el momento, el presente, así que había aceptado la invitación de Ethan para cenar porque era natural en ella hacerlo.

No era una chica fácil, pero tampoco de las que dejaba pasar la oportunidad de disfrutar de una velada agradable con un hombre atractivo.

La intuición le decía que aquel hombre era de fiar, que no tenía nada que temer de él y su intuición jamás la había engañado. Además, tampoco había motivos para creer que fuera a ocurrir nada más aparte de la cena. Aquel hombre no era su tipo. Demasiado seguro de sí mismo, demasiado dominante y demasiado guapo.

Aun así, la velada prometía ser interesante.

Llegaron al restaurante e Isobel se dio cuenta rápidamente de la deferencia con la que el personal trataba a Ethan. Una vez sentados a la mesa, no pude evitar sonreír.

—¿Qué te hace gracia? —le preguntó él sirviéndose agua.

Isobel se fijó en los movimientos que ejecutaron los músculos de su garganta al tragar el refrescante líquido y no tuvo más remedio que beber ella también.

—Es increíble. Lo das todo por hecho, ¿verdad?

Ethan la miró sorprendido y enarcó las cejas.

—No te comprendo.

—Te tratan como si fueras un príncipe y tú ni siquiera te das cuenta —contestó Isobel riéndose y comprendiendo que era cierto, que Ethan lo daba todo por hecho.

–Bueno, eso es porque vengo a menudo y dejo buenas propinas –contestó él algo molesto.

–No lo he dicho como una crítica –le aseguró Isobel–. Seguro que están encantados contigo.

–No eres de las que se calla, ¿eh? –bromeó Ethan.

–No, claro que no –contestó Isobel encogiéndose de hombros–. Nunca me ando con rodeos –añadió consultando la carta para no tener que seguir mirando a su acompañante.

Pensó en el último trabajo que había realizado y en el que se había visto forzada, sin embargo, a andarse con ciertos rodeos. Gracias a su trabajo como fotógrafa, podía capturar lo mejor y lo peor de la gente.

En el último trabajo, las cosas se habían puesto feas cuando el gobierno del país en el que se encontraba la había invitado, educada pero tajantemente, a que abandonara el territorio. Isobel había decidido irse, pero con el firme objetivo de volver en cuanto tuviera dinero. Lo que hacía era aceptar trabajos tontorrones que le permitían costearse lo que de verdad quería hacer. En aquella ocasión, había aceptado hacer las fotografías de un catálogo.

–¿Y te va bien así? –le preguntó Ethan con una voz que hizo que a Isobel se le erizara el vello de la nuca.

–Bastante bien –reconoció–. ¿Qué me recomiendas? –le preguntó mirando la carta.

–Aquí todo está bueno, pero el cordero es increíble –contestó Ethan.

–De acuerdo, pediré cordero entonces.

Ethan cerró la carta y la dejó sobre la mesa.

–¿Así, sin más? –se sorprendió–. ¿No necesitas pasarte media hora viendo la carta y cambiar de parecer diez o doce veces?

–¿Por qué? ¿Tú sueles hacer eso? –bromeó Isobel sabiendo que no era así.

–No, yo prefiero no perder el tiempo. Si te parece bien, voy a pedir para los dos.

–Muy bien, gracias.

Así que Isobel se quedó mirándolo mientras Ethan llamaba al camarero y pedía la comida y una botella de vino. Sí, no se había equivocado, el personal lo trataba con sumo respeto.

–Definitivamente, debes de dejar muy buenas propinas –bromeó riéndose.

–Me quieres picar, ¿eh? Yo también sé jugar a eso y te lo voy a demostrar… viendo que no te gastas el dinero en dejar buenas propinas a los demás, ¿qué haces con él?

–Me lo gasto en viajar y lo que me sobra lo dono a causas benéficas.

–¿De verdad? Así que eres una filántropa.

–Bueno, no creo que lo que yo dono sirva para mucho, pero lo puedo hacer porque he aprendido a vivir con muy poco –le aseguró Isobel.

–¿Y cuando te hagas mayor? ¿Cómo vivirás cuando seas vieja?

–Ya me preocuparé de eso cuando llegue el momento –contestó Isobel viendo que Ethan fruncía el ceño–. ¿No te parece bien?

–Yo no he dicho eso, pero pienso diferente. Tengo una empresa familiar, trabajamos juntos, estamos todo el día juntos y trabajamos por un objetivo común. Estamos constantemente pendientes del futuro, así que me resulta muy difícil vivir el día a día, sin planificar lo que va a suceder al día siguiente. Tengo que preocuparme de un montón de gente que depende de mí.

–Las decisiones que yo tomo solo me afectan a mí, lo que tiene muchas ventajas.

Ethan sonrió e Isobel se dio cuenta de que envidiaba su libertad, como le pasaba a mucha gente que no se daba cuenta de que aquella libertad también tenía un coste personal. Era evidente que Ethan tenía una red de personas que lo ayudaban y lo apoyaban mientras que ella estaba sola.

Aprovechó el silencio que se hizo entre ellos para estudiarlo un poco más. Ethan tenía una nariz recta de corte patricio, el labio superior fino y el inferior voluminoso y atractivo. Llevaba el pelo corto y peinado y se preguntó cómo le quedaría un poquito más largo y revuelto.

Le hubiera gustado sacar la cámara de fotos y hacerle unas cuantas.

La excitación que se había apoderado de su cuerpo un rato antes estaba yendo en aumento. De hecho, Isobel apretó los muslos cuando el deseo se instaló entre sus piernas, y en aquel momento supo que lo más probable era que se acostara con Ethan como se llamara aquella noche y, sobre todo, que quería hacerlo.

Capítulo Dos

La comida estaba deliciosa e Isobel se alegró de haber permitido que Ethan eligiera. Recogió con la yema del dedo un poquito de salsa que había quedado en el plato y se la llevó a la boca para disfrutar un poco más de aquel delicioso sabor. Al hacerlo, cerró los ojos. Cuando los volvió a abrir, descubrió que Ethan la estaba mirando fijamente. El deseo que había sentido por él volvió a la carga con toda la potencia del momento y vio que el interés era mutuo.

Mientras bebía un trago de vino, Isobel se preguntó qué tal amante sería aquel desconocido. No era el tipo de hombre que le gustaba, pues le solían atraer los hombres parecidos a ella, de espíritu libre, informales y sin ataduras. Definitivamente, Ethan no era así. Ethan exhortaba estabilidad y fuerza, por no hablar de una increíble dosis de atractivo sexual, una mezcla que resultaba explosiva.

–Háblame de tus viajes –le pidió Ethan echándose hacia delante para servirle un poco más del delicioso vino que estaban disfrutando.

No le resultó difícil pasarse la siguiente hora contándole anécdotas divertidas de sus viajes. Ethan se rio de buena gana cuando le contó que en el último viaje que había hecho a Nepal le había salido un ciempiés del agujero en el que estaba evacuando aguas menores. Se reía como un niño y daba gusto oír aquella risa. A Isobel le encantaban los hombres que se permitían reírse así. Era buen indicativo de que se dejaban llevar por el momento y por lo que les gustaba y esperaba que, en aquellos momentos, lo que le gustara a Ethan fuera ella.

—Me temo que yo no tengo nada tan gracioso que contar —comentó Ethan todavía riéndose—. ¿Y después de cosas así no prefieres viajar de manera más convencional y segura?

—No, cuando viajas de manera convencional y segura no ves el mundo de verdad, no conoces las situaciones que otras personas se ven obligadas a vivir.

—Es interesante que lo digas así.

—¿Por?

—Has dicho obligadas. La mayoría de las personas lleva la vida que quiere llevar, ¿no?

—Eso no suele ser así —contestó Isobel sonriendo con tristeza.

—Yo creo que cada persona puede elegir su camino.

—En un mundo perfecto, puede ser, pero no todo el mundo tiene el privilegio de vivir en un mundo perfecto.

Ethan se quedó considerando aquellas palabras antes de responder.

—Tienes razón. Estaba pensando solo en el mundo que yo conozco, en mi vida aquí, en mis decisiones —recapacitó, permaneciendo unos segundos en silencio–. Ni siquiera yo puedo controlar todo lo que sucede en mi mundo.

Isobel se preguntó qué le habría sucedido a aquel hombre, porque se había quedado lívido. Alargó el brazo por encima de la mesa y le colocó las yemas de los dedos en la mano.

–Lo siento –le dijo.

–¿Por qué lo sientes?

–Porque tengo la sensación de que te gusta tenerlo todo controlado.

–Sí, así es –reconoció Ethan con una sonrisa–. Por lo menos, me gusta controlar mis reacciones ante lo que pasa.

Después de aquello, la conversación volvió a temas más generales e Isobel le volvió a hacer reír, disfrutando de ello. El destello de vulnerabilidad que le había visto lo había vuelto todavía más atractivo a sus ojos, pues solo un hombre fuerte admitía sus debilidades.

Habían tomado postre y café y seguían hablando cuando Isobel se dio cuenta de que Ethan consultaba el reloj. Los camareros estaban recogiendo y el restaurante se había vaciado.

–Se ha hecho tarde –comentó Ethan–. ¿Quieres que te lleve a algún sitio?

–No, no hace falta. Voy a dormir en el hotel que encuentre más cerca –contestó Isobel apenada.

Cuanto más tiempo pasaba con aquel hombre, más atraída se sentía por él, y temía que fuera demasiado caballero como para intentar nada más después de la cena. Una pena.

–¿Todavía no tienes dónde dormir?

–No, he llegado esta tarde, pero no pasa nada. Hay muchos hoteles por esta zona –lo tranquilizó–. Tranquilo, sé cuidarme.

–Sí, como en el bar de antes.

–Me habría quitado de encima a ese tipo aunque tú no hubieras estado allí.

–Ya –contestó Ethan sin convencimiento.

–Si te quedas más tranquilo, le pido al camarero que me llame un taxi. De todas formas, solo necesito sitio donde dormir una noche.

¿Una noche? Una noche sin preguntas ni respuestas, sin recriminaciones. Probablemente, no la volvería a ver. Una noche de libertad y de pasión. La mente de Ethan comenzó a darle vueltas a la idea a una velocidad increíble, lo que lo llevó a hablar antes de haber pensado bien lo que iba a decir.

–¿Por qué no te quedas a dormir conmigo, quiero decir, en mi casa? –le propuso.

Para su sorpresa, Isobel sonrió encantada.

–Buena idea, me encantaría dormir contigo –contestó.

Ethan sintió que se le endurecía la entrepierna. Jamás había tenido una aventura de una noche, pues siempre le había parecido que aquello era propio de una persona con poco control sobre sí misma y poco respeto por los demás, pero el cuerpo le quemaba, la necesidad era imperiosa.

–Tengo un par de habitaciones de invitados.

–No creo que vaya a dormir en ninguna de ellas –contestó Isobel–. ¿No te parece?

Ethan negó con la cabeza y tragó saliva.

–Venga, vamos –lo urgió Isobel riéndose.

Ethan no estaba acostumbrado a que otra persona asumiera el mando, pero se dejó llevar porque había algo en aquella mujer que hacía que se fiara de ella de manera natural. Por una vez en su vida, no tenía que ser él quien tomara las decisiones importantes, no tenía que ser el responsable, podía relajarse y permitirse hacer lo que le apetecía.

Aquello le estaba encantando.

Ethan pidió la cuenta sin dejar de mirarla a los ojos ni un solo momento.

El corto trayecto en taxi hasta su casa transcurrió en silencio.

–¿A que tu casa es el ático? –le preguntó Isobel cuando bajaron del vehículo y Ethan la tomó de la mano.

–Efectivamente –admitió Ethan.

–Lo sabía –comentó Isobel mientras entraban en el edificio y subían en ascensor hasta la última planta.

Una vez allí, entraron en un vestíbulo privado y Ethan se quedó observándola mientras Isobel se acercaba a los ventanales desde los que se veía el parque Kurranga.

–Qué vistas tan impresionantes –comentó girándose hacia él–. Aunque creo que prefiero lo que veo por aquí.

Dicho aquello, avanzó hacia él. Ethan dejó la

mochila en el suelo, detrás del sofá de cuero blanco. Cuando se levantó, Isobel le deslizó los brazos por la cintura.

–Sí, definitivamente, me gusta más esta vista.

Dicho aquello, se elevó sobre las puntas de los pies y lo besó en la boca suavemente. A pesar de que había sido un beso ligero como las alas de una mariposa, Ethan sintió el impacto en todos sus sentidos con tanta fuerza que tuvo la sensación de que alguien había incendiado todas las terminaciones nerviosas de su cuerpo. Sentía calor a pesar de que Isobel apenas lo había rozado.

Quería más.

La abrazó con fuerza, se apretó contra ella, absorbiendo sus curvas, y la besó como había estado deseando hacer desde que la había visto por primera vez. Aquella mujer era el equilibrio perfecto para él, luz para su oscuridad, flexible para su rigidez, calor para su frialdad, la que se había apoderado de él aquel día.

Ethan apartó aquellos recuerdos de su cabeza y se dijo que lo único que importaba era el momento, que Isobel estuviera allí con él.

Isobel tenía unos labios suaves y una lengua que no dudó en encontrarse con la de Ethan y bailar con ella la danza de la necesidad y el deseo. Le desabotonó la camisa con tal fuerza que los botones salieron volando al suelo. Luego, apartó la tela dejando su torso y su abdomen al descubierto y lo acarició, dejando una estela de pasión allí por donde lo iba tocando.

Ethan le pasó los dedos por el pelo y la agarró de la nuca para apretarse contra ella y que le quedara clara la presión que sentía en la entrepierna. Isobel también se apretó contra él y gimió. Ethan sintió sus manos en el abdomen, yendo hacia el cinturón. Efectivamente, le desabrochó los pantalones, deslizó una mano dentro y le agarró la erección por encima de los calzoncillos. Su contacto era firme aunque suave a la vez.

Pero Ethan no quería nada suave, así que llevó la pelvis hacia adelante para que Isobel comprendiera e Isobel comprendió y lo agarró con más fuerza. Acto seguido, Ethan le desabrochó el vestido, que se anudaba en la nuca. La tela cayó hasta su cintura y Ethan se apartó un poco atrás para comerse sus pechos con la mirada, para deleitarse en sus pezones sonrosados, que pedían a gritos que se los chupara. Así que le tomó un seno con la mano y comenzó a acariciar el pezón con la yema del dedo pulgar, con fuerza, mientras se inclinaba sobre el otro y le daba placer con la lengua.

Isobel sintió un escalofrío por todo el cuerpo y jadeó de placer. Ethan concentró su atención en el otro pezón y, luego, la tomó en brazos y la llevó al dormitorio principal. Una vez allí, la dejó de nuevo de pie e Isobel aprovechó para quitarse el vestido y volver a acercarse a él. Ataviada tan solo con un tanguita minúsculo y sandalias de tacón, liberó a Ethan de la chaqueta y de la camisa y él mismo se quitó los pantalones, los zapatos y los calcetines.

Cayeron sobre la cama en un desesperado revuelo de brazos y piernas que exploraban y se tocaban. Isobel se sentó a horcajadas sobre Ethan y comenzó a seguir el recorrido de su clavícula con la punta de la lengua. Desde allí, se dirigió a sus pezones. Ethan nunca había sentido la piel tan sensible ni una respuesta tan intensa, nunca se había sentido tan desvalido y tan fuerte a la vez.

No estaba acostumbrado a permanecer pasivo, así que le acarició las caderas a Isobel, apartó la tela del tanga, descubriendo que era rubia natural, y deslizó un dedo hacia el centro de su cuerpo. Estaba caliente y húmedo. Ethan comenzó a dibujar círculos sobre su clítoris e Isobel jadeó de placer. Ethan presionó con la palma de la mano y deslizó un segundo dedo en el interior del cuerpo de Isobel, que se apretó contra él y comenzó a mover las caderas en círculos.

Ethan se quedó mirándola en toda su feminidad. Isobel tenía los ojos abiertos y lo miraba fijamente, como si le pudiera leerle el alma. Tenía los senos pequeños y perfectos, con los pezones muy duros. Ethan siguió masturbándola hasta que Isobel comenzó a temblar. Ethan sintió que se le tensaban los músculos del abdomen y de los muslos y la oyó gritar de placer a pesar de que se había mordido el labio inferior.

Ethan aprovechó entonces para colocarla tumbada sobre la cama y ponerse encima, para quitarle las braguitas y acariciarle las piernas. Luego, le quitó también las sandalias y le acarició los pies y las piernas desde abajo. Desde allí, le llegó el olor a almizcle de su primer orgasmo, lo que lo hizo lanzarse a chuparle el clítoris.

–Demasiado pronto –protestó Isobel, que todavía jadeaba por efecto de su primer orgasmo.

–Confía en mí –contestó Ethan succionando y lamiendo aquella perla sonrosada.

Luego, presionó con los dientes e Isobel sintió que la pelvis se elevaba de la cama en respuesta a aquellas caricias tan íntimas. Ethan sabía que no tardaría en alcanzar el segundo orgasmo, así que siguió chupando y lamiendo. Cuando volvió a pasarle los dientes por encima del clítoris, Isobel se puso a gritar. Ethan siguió chupando, lamiendo y mordisqueando. Isobel seguía gritando.

–¿Estás bien? –le preguntó acariciándole las costillas y los pechos.

–Estoy mucho mejor que bien –sonrió ella–, pero, ¿y tú?

–Ahora nos vamos a encargar de mí –contestó Ethan abriendo el cajón de la mesilla de noche.

–Déjame a mí –se ofreció Isobel tomando un preservativo y rasgando el plástico.

Luego, se lo colocó y lo deslizó hacia abajo. Ethan tuvo que hacer un gran esfuerzo para no perder el control. Una vez protegido, Isobel deslizó una mano entre sus cuerpos y lo colocó a la entrada.

Ethan aguantó todo lo que humanamente pudo. Finalmente, se internó en el cuerpo de Isobel, que lo recibió encantada, guiándolo hacia sus profundidades. Sus músculos internos le dieron la bienvenida y Ethan se sintió en la gloria.

Comenzó a moverse cuando las caderas de Isobel se colocaron hacia arriba para ir al compás de sus embestidas, que cada vez era más fuertes. Cada vez el placer era más intenso. Ethan sintió que el placer le pulsaba por todo el cuerpo y lo catapultada a un lugar en el que nunca había estado antes. Se aferró a Isobel y apoyó la frente en la suya mientras sus alientos se entremezclaban.

De repente, pensó que la estaría haciendo daño e intentó apartarse, pero Isobel no se lo permitió.

–Peso mucho –protestó Ethan.

–Me gusta –contestó Isobel.

Así que Ethan se relajó y se dio cuenta de que estaba experimentando una comunión física con aquella mujer que no había conocido con ninguna otra. No sabía qué pensar al respecto, pero se dejó llevar.

No era el momento de ponerse a pensar. A medida que fue sintiendo que el pulso cardíaco recuperaba la normalidad, se dejó caer a un lado. Isobel le acarició los labios y la besó con suavidad. Ella se arrebujó contra él y le apoyó la cabeza en el pecho.

Ethan se recordó a sí mismo que aquello solo era una aventura de una noche.

Solo una noche.

Isobel dibujó un círculo con el dedo índice a Ethan en el pecho. Le había sorprendido la fuerza con la que habían hecho el amor, la conexión que se había establecido entre ellos. Incluso le estaba dando pena tener que irse al día siguiente por trabajo y no volver a verlo, pero tendría que superarlo.

Así vivía ella, siempre fluyendo, siempre moviéndose. Nunca se quedaba en un sitio el tiempo suficiente como para echar raíces y así le iba bien.

Sin embargo, era evidente que Ethan no era así y le causaba verdadera curiosidad saber por qué con ella se había dejado llevar, por qué había roto sus normas, la había metido en su casa y había compartido con ella tanta intimidad.

Le hubiera encantado pensar que había sido por ella, pero sospechaba que había algo más, así que decidió preguntárselo.

—¿Por qué yo, Ethan?

—¿Eh? —contestó él con voz somnolienta.

—¿Qué te ha pasado hoy?

—No creo que lo quieras saber.

—Claro que quiero —insistió Isobel—. Venga, prueba a contarle a otra persona lo que te preocupa.

Ethan permaneció en silencio un buen rato.

—Hoy me he enterado de algo con lo que no contaba —declaró.

—¿Malas noticias?

—Sí y no.

—Fuera lo que fuese, te ha disgustado.

—Sí, porque no sé qué hacer con la información.

—Entonces, ha tenido que ser muy mala.

Ethan asintió.

—Supongo que sí. Mi padre murió hace poco y he estado repasando sus cosas. He encontrado algunos pagos que no me cuadraban, así que he ido a hablar con el asesor de la familia, bueno, lo que he descubierto es que mi padre nos ha ocultado durante años a mi hermana y a mí que nuestra madre estaba viva. Nos había dicho que había muerto hacía veinticinco años, pero no es verdad. Nos abandonó y le pagaba para que no volviera.

–Dios mío –exclamó Isobel sorprendida–. Supongo que te habrás quedado helado.

Isobel sabía por experiencia propia lo que era enterarse de una mentira así, era la peor traición del mundo.

–No entiendo por qué lo hizo y ahora ya no puedo preguntárselo –se quejó Ethan.

–A lo mejor lo hizo para protegeros. ¿Cuántos años tenías hace veinticinco años?

–Yo tenía seis años y mi hermana solo tres. Comprendo que no nos lo contara entonces, pero podría habérnoslo contado después. Ni siquiera nos dejó una carta para que la leyéramos después de morir él ni nada por el estilo. Si no hubiera revisado los pagos, jamás me habría enterado.

Isobel suspiró.

–No es fácil entender a nuestros padres a veces –recapacitó–. Se creen que nos protegen con sus acciones.

–¿Por qué iba a necesitar yo que me protegiera de la verdad? Merezco saber por qué mi padre creyó que mi hermana y yo íbamos a estar mejor sin nuestra madre.

–A lo mejor no era tan fácil.

–Supongo. De lo contrario, el resto de la familia

no habría estado de acuerdo con él en mentirnos. Mis tíos también sabían la verdad y no nos la dijeron.

–¿Y ellos siguen vivos?

–Sí. De hecho, todos vivimos en la misma casa y nos vemos todos los días.

–Entonces, pregúntales a ellos –le sugirió Isobel–. Pase lo que pase no te enfades con tu padre ahora que ha muerto. Se equivocara o no, seguro que lo hizo con la mejor intención. El pasado ya no se puede cambiar, pero puedes vivir el presente y mirar hacia el futuro.

–¿Eso es lo que tú haces? ¿Vivir el presente y mirar siempre hacia el futuro?

Isobel sonrió.

–Más o menos –admitió.

–Yo no me veo viviendo así.

–Es que esta vida no es para todo el mundo –contestó Isobel encogiéndose de hombros–. Tu padre era un hombre fuerte, ¿verdad? Como tú. Inteligente y protector. Eso es lo que deberías recordar de él –le dijo acariciándole el brazo–. Y seguro que os quería mucho.

Ethan se quedó pensativo.

–Es increíble. Para no conocerlo de nada, lo has descrito al detalle. Es cierto que era una buena persona, pero también es cierto que necesito saber por qué no nos contó la verdad sobre mi madre.

–¿Qué te parece si lo averiguas mañana? –le sugirió Isobel volviendo a sentarse a horcajadas sobre él.

–Lo digo porque ahora me gustaría distraerte un poco.

Capítulo Tres

Isobel se despertó cuando el sol estaba comenzando a dibujar los bordes del enorme ventanal. Al principio, se sintió desorientada, pero pronto recordó. Se quedó tumbada sin moverse cerca de Ethan, que estaba dormido, escuchando su respiración, percibiendo el calor que irradiaba su cuerpo.

¿Cómo se iba a imaginar que un hombre tan aparentemente serio iba a resultar un experto en la cama? Isobel sonrió al recordar eso que decían de que las apariencias engañaban.

Se sentía maravillosamente viva. Aquella noche había sido especial. Muy especial. Giró la cabeza y se quedó mirando a Ethan en la penumbra. Le entraron ganas de tocarlo para despertarlo, pero no lo hizo por prudencia.

Se iba a ir, de modo que lo mejor era irse cuanto antes, mientras estuviera dormido. Así, al despedirse, se ahorraría la incomodidad cuando Isobel le dijera que prefería no volver a verlo. Lo cierto era que no tenía intención de comprometerse con nadie y aquel hombre parecía querer precisamente eso, compromiso.

Isobel se deslizó cuidadosamente fuera de la cama, recogió el vestido y las sandalias y dio por perdidas sus braguitas tras mirar por todas partes y no encontrarlas. Llevaba unas limpias en la mochila, así que se encogió de hombros y fue lentamente hacia la puerta del dormitorio, que abrió y cerró con cuidado, sin hacer ruido.

Una vez en el salón, recuperó su mochila y se vistió a toda velocidad, a pesar de que le hubiera encantado darse una ducha y lavarse los dientes, pero no quería arriesgarse a que Ethan se despertara.

Sonrió al recordar lo bien que se lo habían pasado juntos y pensó que no le costaría nada hacerse adicta a todo aquello, pero ella no era de quedarse mucho tiempo en ningún sitio ni de comprometerse con nadie. Ella era una nómada con pocas pertenencias, justo lo que cabía en su mochila.

Ethan había hablado de una empresa familiar, de parientes con los que trabajaba y a los que veía todos los días. Isobel no se imaginaba una vida más diferente de la suya. No, en su vida no había sitio para el compromiso ni tampoco en la de Ethan para una persona tan inestable como ella.

Isobel agarró las sandalias con una mano y la mochila con la otra y se giró al dormitorio para lanzar un beso al aire. Había estado bien mientras había durado.

En aquel momento, apareció un taxi que llegaba para dejar a un pasajero que debía de venir de un vuelo transoceánico, a juzgar por la cantidad de equipaje que llevaba. Isobel dio gracias al cielo y habló con el conductor para que la llevara a un hotel barato.

Una vez dentro del vehículo, se preguntó qué habría sucedido si, en lugar de irse sin despedirse, se hubiera quedado y hubiera esperado a que Ethan se despertara. Sin duda, habrían vuelto a hacer el amor.

Isobel se dijo que no debía plantearse aquello, que debía tener más presente que nunca el lema de su vida: no mirar atrás jamás.

Mientras el taxi se alejaba, se dio cuenta de que seguía sintiendo el deseo de volver atrás, de explorar la vulnerabilidad agazapada tras la fachada que Ethan le mostraba al mundo, de maravillarse de la fuerza y de la capacidad que aquel hombre exudaba. Sin duda, Ethan Masters era adictivo, peligrosamente adictivo.

Mejor no volver a verlo porque, en lo más profundo de sí misma, sabía que podía hacerla desear quedarse con él más de una noche, y eso no podía ser.

No podía ser bajo ningún concepto.

Ethan se estiró y alargó el brazo, pero no encontró nada. Al abrir los ojos, comprobó que Isobel no estaba. Aquello lo hizo sentirse confundido y levantarse de la cama a toda velocidad. Se dirigió desnudo al salón y, al no verla allí, comprendió que se había ido.

Por una parte, agradecía no tener que mantener ninguna conversación después de lo que había habido entre ellos la noche anterior, pero también sentía profundamente no poder empezar el día como había terminado la noche.

Al final, ganó el alivio. Sobre todo, debido a la conversación que habían tenido antes de hacer el amor por primera vez. ¿Qué demonios le había poseído para abrirse así a una completa desconocida? Ni siquiera había hablado con su hermana todavía de lo que había descubierto. De hecho, todavía ni siquiera sabía si se lo iba a decir.

Tal vez sería mejor que Tamsyn recordara su padre tal y como él quería que lo hubiera recordado y no como al hombre que deliberadamente había mentido sobre un asunto familiar de extrema importancia y que no se había molestado en aclararlo antes de morir. Ethan no se quería ni plantear cómo podría afectar a su hermana descubrir que su madre estaba viva. A lo mejor, la desestabilizaba por completo.

El lío seguía allí, exactamente igual que el día anterior, pero también era cierto que se sentía un poco mejor. Ethan se dirigió a la ducha y se dio cuenta de que, de alguna manera, Isobel Fyfe lo había atrapado con su magia desde el primer momento que la había visto.

Ethan se metió en la ducha y se dijo que Isobel no era su tipo, que no era más que una aventura de una noche porque así lo había querido ella, además. Él no la había echado, había sido ella la que se había ido. Así era mejor. Lo cierto era que eso era también lo que Ethan había querido, una noche sin ataduras con una desconocida.

31

Aunque no tenía ninguna intención de volver a verla, recordaba su risa, su voz, su aliento sobre la piel, la textura de su lengua y...

Ethan le dio al agua fría. Aquello no le estaba llevando a ninguna parte. No, lo mejor era que se hubiera ido sin dejar rastro, solo su olor en las sábanas y cierto recuerdo en su mente.

Un rato después, mientras se estaba preparando para volver a la bodega a trabajar, se dijo que lo estaba consiguiendo y que, aunque hubieran querido, no podrían haber continuado, pues lo suyo nunca habría ido a ninguna parte, ya que eran demasiado diferentes.

Cuando media hora después salió de su casa, lo hizo con una sonrisa satisfecha en el rostro. Bajó al aparcamiento y recogió su coche pensando que las mujeres como Isobel Fyfe estaban bien para una aventura, pero para nada más. Isobel era lo opuesto a lo que él buscaba. Prefería a mujeres como Shanal Peat, su compañera de universidad, una mujer seria e inteligente y de una belleza exquisita, mezcla de sus ancestros indios y australianos. Además, había hecho un curso de postrado en viticultura y podría ayudarlos mucho en las bodegas.

Era cierto que las mujeres como Isobel añadían excitación a la vida, pero también caos. No, lo que necesitaba era una mujer como Shanal.

Se dijo que el asunto de su madre podía esperar. Mientras siguieran realizándose puntualmente los pagos a Ellen Masters, podía estar tranquilo, pues no iba a reaparecer para reclamar sus derechos parentales. El secreto podía seguir en secreto un poco más.

Para cuando llegó a la bodega era ya mediodía, enfiló el camino privado de entrada a la casa principal y aparcó frente a ella. Se bajó del coche e inhaló profundamente. Estaba en casa.

No había ningún otro lugar en el mundo como aquel. Sus ojos deambularon por las cimas de las montañas donde se elevaba la mansión familiar que un incendio había destruido hacía más de treinta años atrás.

En aquel momento, detectó movimiento en el camino que llegaba hasta las cabañas de lujo de los huéspedes. Se trataba de Tamsyn, que se ocupaba de aquella parte del negocio familiar.

–Buenos días –lo saludó con una sonrisa mientras se acercaba–. ¿Cómo es que llegas a estas horas? –le preguntó en tono de broma–. ¿Te lo pasaste bien anoche? –añadió con fingida inocencia.

–Sí, gracias –contestó Ethan.

Tamsyn suspiró.

–¿Ningún cotilleo?

–¿Desde cuándo doy yo motivos de cotilleo?

–Ya sabes a lo que me refiero, tienes que pasártelo bien, Ethan. A veces, estás demasiado absorbido por este lugar.

Por cómo lo había dicho, Ethan se dio cuenta de que su hermana no estaba bien.

–¿Te ocurre algo, Tam?

–No, claro que no –contestó Tamsyn con una gran sonrisa–. ¿Qué me iba a ocurrir? Por cierto,

¿vas a cenar en casa esta noche? Te lo digo porque me gustaría presentarte a la nueva fotógrafa del catálogo, que llega esta tarde...

–Claro, cuenta conmigo –se comprometió Ethan–. ¿Qué tal va lo de la boda?

–¿La mía o la que estoy organizando aquí?

–Las dos –contestó Ethan.

–Bien. Es muy fácil trabajar con la próxima novia que se va a casar aquí y, en cuanto a mi boda, todavía no tenemos fecha –le contó Tamsyn.

Todavía sin fecha. Aunque su hermana lo había dicho como si no tuviera importancia, Ethan tuvo la sensación de que no estaba contenta, pero no le dio tiempo a insistir porque Tamsyn cambió de tema.

–¿Te dio tiempo ayer de hacer todo lo que tenías que hacer en la ciudad?

Ethan tuvo que hacer un gran esfuerzo para controlar el escalofrío que sintió por la espalda. Tam ya tenía suficiente como para, encima, añadirle más tensión. Se alegró de haber decidido no compartir con ella el secreto de su padre.

Ethan no tuvo oportunidad de contestar a la pregunta de su hermana porque, en aquel momento, le sonó el teléfono a Tam.

Ethan se despidió de ella y se fijó en que atendía la llamada con una sonrisa no demasiado convincente, lo que le llevó a darse cuenta de que, últimamente, su hermana hacía mucho eso, fingir que estaba bien y que era feliz.

Ethan lo achacó a la reciente muerte de su padre, pero no pudo evitar preguntarse si sería por algo más. Trent no parecía apoyarla demasiado. Era cierto que era abogado y que estaba muy ocupado en la ciudad, pero aun así los seres queridos eran más importantes que el trabajo. ¿A lo mejor su relación no iba bien? Ethan se dijo que, la próxima vez que estuviera a solas con su hermana, se lo preguntaría.

Ahora, de momento, tenía otras cosas que hacer, tenía que ocuparse de su trabajo, que lo estaba esperando desde primera hora de la mañana.

Si no se hubiera distraído tanto la noche anterior...

Ethan entró en el salón aquella noche satisfecho por el trabajo que había realizado. Ya estaban allí la tía Cynthia y el tío Edward junto con su esposa Marianne. Le costaba creer que todos ellos se hubieran conchabado con su padre para ocultarles a él y a su hermana la verdad sobre su madre.

Sin embargo, Ethan estaba dispuesto a perdonar a sus parientes porque entendía que en una familia tan tradicional como la suya su padre había sido el patriarca y los demás se habían plegado a sus deseos. Si lo que les había propuesto era por el bien de la familia y del negocio, sin duda, los demás habrían estado de acuerdo en respaldarlo.

Ethan se reunió con sus primos Cade y Cathleen, que se ocupaban de las catas de vino y del restaurante.

–¿Qué tal ha ido el día? –les preguntó sirviéndose una copa de vino.

–Muy ocupado –contestó su prima–. Se nos ha roto el lavaplatos y los pobres camareros han tenido que fregar a mano, y como mañana es domingo y también va a venir un montón de gente, he contratado a dos temporales para que nos ayuden.

–Muy bien hecho. Bueno, ¿seguís con la idea de incluir cenas en el restaurante? –preguntó Ethan.

–Claro que sí –contestó Cade–. Es un buen momento. Tenemos demanda y, además, como tu hermana y sus bodas se están haciendo cada vez más famosas, hay que aprovechar la oportunidad. Después de venir aquí a una boda, hay muchos invitados a los que les gustaría poder venir de vez en cuando a cenar.

Ethan asintió.

–¿Te has enterado de que Tamsyn ha conseguido que IF Photography se hago cargo del nuevo catálogo? –le preguntó Cathleen–. El chef está que no cabe en sí de gozo.

–Sí, me lo ha dicho esta mañana –contestó Ethan, dándose cuenta de que su hermana todavía no había aparecido y preguntándose si estaría bien.

–Me ha contado que es una fotógrafa que tiene muchos premios. Es de Nueva Zelanda, pero viaja por todo el mundo –le explicó su prima–. Hemos tenido mucha suerte de que haya aceptado nuestro proyecto y haya accedido a pasar un mes aquí. Ya verás, los nuevos catálogos y las fotografías de la página web van a quedar fantásticos.

–Por cierto, ¿alguien sabe dónde está Tam? Creí que iba a estar aquí…

En aquel momento, Ethan sintió un escalofrío por la espalda.

–Acaba de llegar –le dijo su prima señalando hacia la puerta del salón–. ¡Oh, y mirad con quién! Debe de ser la fotógrafa. Vamos a saludar.

Ethan dio un respingo y se puso en alerta máxima mientras sus primos se dirigían al vestíbulo. IF Photography, IF Photography… Aquellas siglas… ¿Isobel Fyfe?

No podía ser.

No, claro que no.

Ethan se giró hacia la puerta, miró a su hermana y a la mujer que llegaba con ella y sintió que se quedaba lívido al ver de quién se trataba.

Isobel percibió el momento exacto en el que Ethan registraba su presencia y se dio cuenta de que lo embargaban, en igual proporción, la sorpresa y la rabia.

Tamsyn le presentó a Cade y a Cathleen sin, por lo visto, darse cuenta de nada. Los demás fueron acercándose y formando un círculo a su alrededor.

Solo quedaba Ethan.

Así que se apellidaba Masters.

Isobel se dijo que debería haber prestado más atención cuando se lo había dicho. Se habrían ahorrado el aprieto en el que se encontraban. A juzgar por cómo la estaba mirando, era obvio que creía que ella lo sabía y que no le estaba gustando que lo hubiera mantenido en secreto.

–Ethan, te presento a Isobel Fyfe, la fotógrafa de la que te he hablado. Isobel, este es mi hermano mayor, Ethan. No le hagas mucho caso y recuerda que perro ladrador poco mordedor.

Isobel sintió que se sonrojaba. Sabía perfectamente cómo mordía aquel perro. De hecho, todavía tenía los restos de dos o tres mordiscos suyos por el cuerpo. Pero se obligó a alargar el brazo y rezó para que Ethan le estrechara la mano.

–Señorita Fyfe –la saludó muy serio, estrechándosela brevemente.

Por breve que hubiera sido el contacto, Isobel sabía que Ethan había sentido la misma descarga que ella, porque le brillaron los ojos.

–Por favor, llámeme Isobel –le dijo con una sonrisa artificial–. No me gustan las formalidades.

–Y tú llámalo Ethan –intervino Tamsyn–. Aquí todos nos llamamos por nuestros nombres de pila.

Isobel miró a Ethan algo nerviosa por la intensidad de su mirada y se dio cuenta de que se estaba enfadando ante su actitud. No tenía por qué ponerse así, por qué mostrarse tan distante. No le había ocultado nada deliberadamente, no se había dado cuenta de que se iban a volver a ver y, además, ¿tan terrible era? ¿Se creía que iba a contar lo que había habido entre ellos? Podía estar tranquilo, no se iba a poner a contar sus proezas sexuales delante de su familia ni lo que le había contado sobre sus padres. Su actitud le estaba resultando ofensiva, así que se giró y le dio la espalda cuando Tamsyn llamó su atención para ir a saludar a otro pariente.

Sabía que la estaba taladrando con los ojos y eso hizo que se enfadara un poco más. ¿Cómo se atrevía a tratarla así? Jamás hubiera creído que sería así de canalla.

—Siento mucho cómo se ha comportado Ethan —se disculpó Tamsyn—. Suele ser mucho más simpático, pero creo que está preocupado por algo —añadió riéndose nerviosa.

—No pasa nada, tranquila —le aseguró Isobel.

Lo que había sucedido entre ellos solo les atañía a ellos dos, pero era evidente que Ethan se arrepentía. Bueno, ese era su problema. Ella estaba allí para hacer un trabajo y eso era exactamente lo que iba a hacer, así que volvió a prestarle toda su atención a Tamsyn.

—Háblame de tus primos —le pidió—. ¿Raif, Cade y Cathleen? ¿No se llamaban así los tres hijos de Calvert en *Lo que el viento se llevó*?

Tamsyn se rio.

—Sí —contestó—. A la tía Marianne le encanta Margaret Mitchell.

Isobel sintió a lo largo de toda la velada y durante la cena que Ethan la seguía observando, pero hizo todo lo que pudo para ignorarlo. Estaban sentados cada uno a un lado de la larga e impecable mesa y a Isobel no le costó mucho conversar con los otros miembros de la familia.

Cynthia se encargaba de la casa. Se trataba de una mujer muy guapa que, sin embargo, tenía un rictus muy serio alrededor de la boca y cuyos ojos dejaban claro que esperaba mucho de los que la rodeaban. Se le podrían hacer unas fotografías muy interesantes. Edward y su mujer eran más cercanos y más simpáticos que Cynthia. Isobel se preguntó cómo sería el padre de Ethan y cómo hubiera encajado en aquella reunión. Supuso que sería el mayor de todos porque Ethan era el mayor de los primos.

Resultaba interesante observar a aquella familia. Todos eran atractivos y cada uno tenía una personalidad muy definida. Para una persona que era hija única y cuya familia era muy reducida, todo aquello resultaba de lo más fascinante. De alguna manera, sentía envidia, pero se apresuró a apartarla.

No mirar nunca hacia atrás.

Más tarde, tras haber cenado y haber tomado café y postre mientras conversaban, Isobel se puso en pie, dio las gracias y se dispuso a acostarse.

Para su sorpresa, Ethan también se puso en pie.

–Voy a acompañar a Isobel –anuncio con firmeza–. Vosotros quedaos aquí y disfrutad de la velada –añadió cuando su hermana hizo amago de levantarse.

Tamsyn asintió y miró a Isobel.

–Puedo ir yo sola –comentó ella–. El camino está bien iluminado y hace una noche preciosa.

–No, no quiero que vayas tú sola la primera noche que estás aquí –insistió Ethan acercándose a ella y señalando las puertas de cristal por las que se salía al impresionante jardín.

Cuando se habían alejado lo suficiente de la casa, se giró a ella bruscamente.

–¿A qué estás jugando? –le preguntó muy enfadado–. s¿Por qué no me dijiste anoche que ibas a venir?

–Porque no sabía qué vivías aquí. Había tanto ruido en el bar que no me enteré de cómo te apellidabas y la verdad es que tampoco tiene importancia.

–Pues claro que la tiene. Te tienes que ir. Pones cualquier excusa y te vas mañana mismo por la mañana. No te preocupes por el dinero, yo te pagaré lo que hayas acordado con mi hermana.

–Vaya, muy amable por tu parte. Sobre todo, porque no tienes ni idea de lo que cobro –contestó Isobel con sarcasmo–. En cualquier caso, creo que estás pasando por alto algo muy importante, y es que yo soy toda una profesional y, cuando me comprometo a algo, lo cumplo. Me he comprometido a realizar el catálogo de vuestra bodega y eso es exactamente lo que voy a hacer.

–Estoy dispuesto a pagarte un extra.

–¿Y qué te lleva a pensar que estoy tan desesperada por conseguir dinero como para aceptar ese ofrecimiento?

–Por favor, pero si vives con una mochila al hombro y, por lo que me contaste anoche, no tienes nada. Por supuesto que quieres el dinero.

Isobel sintió que aquello la ofendía. Qué diferente era del hombre con el que había pasado la noche.

–Mira, si quieres, no nos volvernos a cruzar, pero yo tengo un contrato firmado con Tamsyn y lo voy a cumplir.

Ethan dio un paso hacia ella e Isobel sintió al instante el calor que emanaba de su cuerpo. Al percibir su olor, inhaló sin pensar lo que hacía y su cuerpo reaccionó y se puso en alerta máxima... se le endurecieron los pezones, sus pechos se volvieron más voluminosos y sintió un intenso calor por todo el cuerpo.

A pesar de lo mal que la estaba tratando Ethan, lo seguía deseando. Aquello era patético.

–El problema, Isobel, es que no vas a poder evitar cruzarte conmigo, pero más allá de eso, el verdadero problema es que vas a tener que estar con mi hermana bastante a menudo.

–¿Y qué problema hay? –quiso saber Isobel, sorprendida–. No creo que le importe que tú y yo hayamos pasado una noche juntos... si es que se entera.

–No es eso lo que me preocupa. Lo que me preocupa es que le cuentes la confidencia que te hice.

Isobel volvió a sentir su desprecio.

–¿Todavía no se lo has dicho? Deberías hacerlo, ¿no? Tiene derecho a saberlo.

–Eso lo decidiré yo. Apenas nos conocemos y no sé si me puedo fiar de ti. No sé ni siquiera si quiero hacerlo.

–Pues no te va a quedar más remedio.

Dicho aquello, se giró y siguió caminando decidida, dando por finalizada la conversación. Sin embargo, sintió los dedos de Ethan agarrándola del brazo y girándola hacia él. La estaba mirando enfadado, pero también con deseo.

–Te advierto, Isobel, que conmigo no se juega. No le cuentes a mi hermana absolutamente nada de lo que te dije.

Isobel se zafó de él y se masajeó el brazo, intentando en vano hacer desaparecer el rastro del contacto.

–Y yo te advierto, Ethan, que no acepto órdenes de nadie –contestó–. La verdad es que me arrepiento de haberte conocido y quiero que quede claro que no pienso volver a jugar contigo, por utilizar la palabra que tú acabas de utilizar.

De nuevo, se apartó de él. Sentía que el cuerpo entero le temblaba de rabia. ¿Cómo se atrevía a tratarla así? Si no hubiera sido porque era cierto que jamás abandonaba un trabajo, le hubiera dicho sin pelos en la lengua lo que podía hacer con su dinero y con sus estúpidos secretos familiares.

Isobel sintió que le quemaban los ojos y se dio cuenta, sorprendida, de que estaba llorando. Ella jamás lloraba. Eran lágrimas de rabia, nada más. Se apresuró a limpiárselas y se prometió a sí misma que no iba a permitir que Ethan Masters volviera a hacerla sufrir.

Ethan se quedó mirando a Isobel hasta que llegó a su cabaña. Cuando oyó el portazo, se estremeció. Por lo visto, había conseguido enfurecerla.

Negó con la cabeza. A lo mejor, se había pasado. La sorpresa de encontrarla en su casa había hecho que el enfado le nublara la razón. No había estado muy acertado. Había perdido el control y no había sido solo por el temor de que pudiera revelar el terrible secreto a su hermana sino porque, a pesar del daño que sabía que podía hacer a su familia, lo malo era que seguía sintiéndose atraído por ella.

Ethan volvió lentamente a la casa principal. Era cierto que el intento que acababa de protagonizar para que Isobel se fuera había sido torpe por su parte, pero todavía tenía un as en la manga.

Isobel había insistido en que el contrato que había firmado lo había firmado con Tamsyn. Eso quería decir que su hermana podía romperlo. Ethan elevó la mirada al segundo piso, donde estaba la habitación de Tamsyn. Tenía la luz encendida.

Bien. Así podría dejar aquello arreglado. No había necesidad de esperar a la mañana siguiente. Entró en la casa y se dirigió a la escalera. Unos segundos después, estaba llamando a la puerta de la habitación de su hermana.

–¿Ethan?

–Sí, ¿tienes un minuto?

–Claro que sí, pasa.

Ethan entró y cerró la puerta detrás de él. Su hermana estaba acurrucada en la butaca que tenía delante de la chimenea.

–¿Has acompañado a Isobel a su cabaña? –le preguntó Tamsyn dejando sobre la mesa el libro que estaba leyendo.

44

–Sí, precisamente de ella quiero hablarte.

–¿Ah, sí?

Ethan eligió con cuidado las palabras.

–¿Qué sabes exactamente de Isobel Fyfe?

–Lo que me han contado algunas personas y lo que pone en su página web. ¿Por qué? ¿Estás preocupado por algo? ¿No te parece lo suficientemente buena como para hacer el trabajo?

–La verdad es que no me parece la persona adecuada para el trabajo, no. ¿Podrías rescindir el contrato con ella, Tam?

Tamsyn dio un respingo.

–¿Rescindir el contrato? ¿Por qué? –le preguntó sorprendida.

–Preferiría que lo hiciera otra persona –contestó Ethan.

–Lo cierto, Ethan, es que no voy a rescindirle el contrato a Isobel si no tienes una razón de peso. Me la han recomendado mucho y su currículum es muy bueno. En realidad, tenemos suerte de que haya aceptado el trabajo porque, normalmente, suele trabajar en el extranjero. Va a estar en Australia solo un mes. ¿Qué tienes en su contra?

–Prefiero no contártelo.

Aquello estaba resultando más difícil de lo que había previsto. Normalmente, su hermana solía plegarse a sus deseos y sugerencias, pero en esta ocasión se estaba mostrando obstinada.

–Pues ya te lo he dicho. A menos que puedas darme una razón de peso, se queda.

¿Qué podía decirle, que había sido indiscreto y

que, por su culpa, aquella fotógrafa tenía en sus manos la llave de un secreto que podía destrozar la vida de su hermana?

Ethan se dio cuenta de que Tamsyn lo estaba mirando con curiosidad.

–Es porque te sientes atraído por ella, ¿verdad? –le soltó.

–Esa no es la cuestión –contestó Ethan sin negarlo.

Su hermana sonrió.

–¿Qué te da miedo, Ethan? ¿Dejarte llevar por el corazón?

–Mi corazón no tiene nada que ver con esto –contestó Ethan con firmeza–. Sabes perfectamente que me voy a casar con Shanal.

Tamsyn se rio sin ningún tipo de decoro.

–Mira, Shanal me cae muy bien, la considero una gran amiga, pero no hay chispa entre vosotros. ¿Por qué te da miedo vivir algo sin guion, dejándote llevar?

¿Dejándose llevar? ¿Acaso su hermana creía que su relación con Shanal obedecía a los dictados de un guión preestablecido? Era cierto que su relación era racional y que estaba basada en sus afinidades y puntos compatibles, ya que Ethan lo había evaluado todo para que su matrimonio funcionara en lugar de dejarse llevar por la pasión. Pues sí. ¿Y qué había de malo en ello?

En cuanto a explorar algo con Isobel, eso ya lo había hecho. Ethan no pudo evitar apretar los puños al recordar lo que habían explorado juntos.

–No es malo dejarse llevar por la cabeza en lugar de por el corazón, Tam –le dijo a su hermana.

–Esa no es la cuestión –contestó Tamsyn levantándose de la butaca y acercándose a él–. Eres mi hermano y te quiero, Ethan, pero a veces me pones de los nervios. Sobre todo, cuando pretendes controlarlo todo. Hay cosas en la vida que no se pueden controlar.

–Mira, no he venido a discutir ni a hablar de mi vida privada. He venido a hablar de Isobel Fyfe y de que no me parece conveniente para el trabajo.

Para su sorpresa, su hermana se rio a carcajadas.

–¿De verdad? Venga, hombre, que he visto cómo la mirabas durante la cena.

–¿Yo? No sé por qué dices eso –se defendió Ethan.

–Ethan, te la estabas comiendo con los ojos. De verdad. No has podido apartar la mirada de ella en toda la noche y a ella le estaba pasando exactamente lo mismo contigo. Si no supiera que no es así, diría que ya os conocíais antes y que habéis tenido algo.

Ethan tuvo que hacer un gran esfuerzo para poner cara de póquer. Su hermana era muy observadora y lo conocía demasiado bien.

–Es eso, ¿no? Ya os conocíais –recapacitó Tamsyn.

–No digas tonterías –se indignó Ethan–. Si no vas a rescindir el contrato, quiero que la mantengas apartada de mí el tiempo que esté aquí. Por el bien de todos –exigió.

Si no podía mantener a Isobel alejada de su hermana, por lo menos, quería que no se cruzara en su camino. A ver si, así, conseguía aclararse mentalmente y dilucidar la mejor manera de impedir que Isobel desvelara su secreto.

Ethan salió de la habitación de Tamsyn decidido a no volver a hablar de aquel tema, pero, por cómo lo miró su hermana, supo que ella no estaba dispuesta a dejar las cosas así. Había metido la pata hablándole de aquel asunto y ahora Tamsyn sentía curiosidad.

Dos horas después, estaba dando vueltas en la cama sin poder dormir. Ataviado únicamente con los pantalones del pijama, se levantó y se dirigió al ventanal y se quedó mirando hacia la cabaña en la que estaba hospedada Isobel.

Entonces, vio que se encendía una luz. Así que ella tampoco podía dormir. Ethan se llevó la mano a la tripa y se rascó. Se quedó petrificado al recordar que Isobel le había tocado, lamido y mordisqueado aquel mismo lugar la noche anterior.

Al instante, sintió que el deseo se apoderaba de él y tuvo que cerrar los ojos brevemente, pues los recuerdos eran de tanta intensidad que le parecía que Isobel estaba allí, con él, llenando toda la estancia con su presencia.

Cuando abrió los ojos, la luz de la cabaña seguía encendida. Maldición. Decidió bajar la persiana, pero sabía que ella iba a permanecer en su cabeza.

Ambos tenían por delante una noche muy larga.

Capítulo Cuatro

A la mañana siguiente, Isobel se despertó de muy mal humor. Estaba furiosa. No podía dejar de pensar en Ethan Masters y, para colmo, había soñado con él, con su maravillosa forma de hacerle el amor. De resulta de aquel sueño, se había despertado frustrada y dividida entre la urgencia de ir a buscarlo y abofetearlo o ir a buscarlo y abalanzarse sobre él.

Isobel se miro al espejo y decidió que no estaba muy guapa aquella mañana. Menos mal que todavía no tenía que ver a nadie.

Se duchó sin poder dejar de pensar en Ethan. Cinco minutos después, estaba vestida y abriendo la nevera de la cabaña, que tenía absolutamente de todo. Aquello le dio una idea, agarró la cámara de fotos y fotografió el contenido del frigorífico.

Luego, agarró un plátano y salió al exterior. El paisaje era una preciosidad, sobre todo a primera hora de la mañana. Había viñas por todas partes, cubriendo las colinas, hasta el horizonte, y en lo alto de una de ellas había unas ruinas impresionantes. Aquello azuzó su curiosidad, así que cerró la puerta de la cabaña y se dirigió hacia allí.

Para cuando llegó, sudaba levemente. Ante ella,

se erigían los restos de lo que debía de haber sido una residencia magnífica. Isobel se paseó en círculo alrededor de ella. Desde allí se veía todo. Parecía un castillo emplazado en lo alto de una montaña. Incluso había una torre de cuatro pisos.

Se acercó un poco más y se fijó en las paredes de ladrillo rojo y en los huecos donde debían de haber estado las ventanas. Una extraña tristeza se apoderó de ella.

Isobel enfocó con su cámara e hizo una serie de fotografías, fascinada por las luces y por el lugar, por aquella mezcla de pasado y de presente, de riqueza y de destrucción. El sonido de unas pezuñas la hizo darse la vuelta.

Ante ella vio a un precioso caballo oscuro y grande. El jinete que lo montaba tampoco estaba nada mal. Lo reconoció sin necesidad de ver su rostro.

—No sabía que dentro de tu encargo también figuraba la ruina —le espetó parándose a pocos metros de ella.

—Mi encargo, como tú lo llamas, consiste en hacer fotografías de la finca para crear una colección de cada negocio asociado a la bodega. Entiendo que esta ruina también forma parte de la finca.

—Forma parte del pasado de la finca, no del presente —contestó Ethan bajando de su montura con elegancia y agilidad.

—¿No te da miedo que se vaya? —le preguntó Isobel al ver que no ataba al caballo.

—No, sabe perfectamente dónde estamos.

Isobel sonrió. Desde luego, no se había equivocado al juzgar a Ethan como un hombre seguro de sí mismo. Lo miro y se fijó en su pelo todavía mojado, en la camisa abierta por el cuello y remangada por encima de los codos. Se apresuró a desviar la mirada antes de hacer algo absurdo, como ponerse a coquetear con él.

Ethan Masters era el amo y señor de todo lo que tenían ante sí e Isobel se tuvo que reconocer a sí misma que eso era mucho decir, pero eso no le daba derecho a creer que era su empleada.

—Bueno, me voy —anunció.

—¿Ya?

Hubo algo en el tono de voz de Ethan que a Isobel le dio a entender que no quería que se fuera, lo que la llenó de confusión.

—Es que ya llevo un rato aquí —contestó encogiéndose de hombros.

—¿No quieres saber la historia de esta casa? A la gente le suele encantar.

—Será que yo no soy como el resto de la gente.

Ethan movió la cabeza y la miró como si la estuviera viendo por primera vez.

—No, es cierto que no eres como los demás.

—No me interesa el pasado —le explicó—. Prefiero el aquí y ahora.

—Interesante —comentó Ethan.

—Supongo que eso te viene bien porque parece evidente que quieres olvidar nuestro encuentro de hace un par noches —lo retó.

—Siento mucho mi reacción de anoche. Fue exagerada.

Isobel se quedó mirándolo sorprendida. ¿Ethan le estaba pidiendo perdón? Increíble.

–Disculpas aceptadas –le dijo.

Ethan asintió levemente.

–¿Quieres que te lleve a caballo?

–¿A caballo?

Había pocas cosas en el mundo que le dieran miedo a Isobel, pero los caballos eran una de ellas.

–¿Te da miedo? –la retó Ethan.

–Sí –confesó Isobel–. Gracias, prefiero volver andando.

–No te va a pasar nada, yo no lo permitiría –insistió Ethan tendiéndole la mano–. Venga, ¿acaso no confías en mí?

Isobel negó con la cabeza.

–Después de lo de anoche, no. Me dejaste muy claro que no quieres que esté aquí.

–Permíteme que me comporte como el anfitrión perfecto ahora, por favor.

–Mira, anoche me comprometí a no cruzarme en tu camino, así que ¿qué tal si me lo pones fácil? –le espetó.

Ethan la miró con dureza y desaprobación. Era evidente que estaba acostumbrada a que la gente le obedeciera, sobre todo en su propia casa. A Isobel le dio igual y lo miró con el mentón elevado en actitud desafiante

–Muy bien –accedió Ethan–. Tamsyn me ha dicho en el desayuno que irá a buscarte a tu cabaña a la hora de comer para enseñarte toda la finca, así que espérala allí.

Dicho aquello, golpeó al caballo con el talón y se alejó en la distancia por el mismo camino por el que había llegado. Isobel lo siguió con la mirada.

Isobel apretó los puños, pues Ethan exudaba un magnetismo tan potente que, cada vez que estaba con él, la arrastraba. Tenía que refrenarse o pagaría un precio muy alto, quizás el más alto de su vida.

Ethan se fijó en uno de los vinos que tenía en proceso. ¿Por qué demonios había ido a hablar con Isobel Fyfe? Se había despertado decidido a mantener las distancias con ella y en cuanto la había visto había ido en su busca.

¿Desde cuándo era masoquista?

Lo cierto era que le había molestado que Isobel hubiera rechazado la invitación de volver juntos a lomos del caballo. No estaba acostumbrado a que lo rechazaran y, aunque sabía mentalmente que debía mantener las distancias con ella, físicamente la buscaba.

Ethan se dijo que había ido a buscarla porque quería disculparse con ella, solamente por eso. Al darse cuenta de que ya estaba pensando en Isobel de nuevo, sacudió la cabeza intentó volverse a concentrar en el trabajo. Tenía una reunión con su tío Edward y su primo Raif aquella misma mañana. Formaban un buen equipo y trabajaban muy bien juntos.

Ethan dio gracias al cielo por tener tanto trabajo que hacer. Así, mantendría su mente ocupada. Estaba muy ilusionado con el nuevo vino que estaban elaborando. Se trataba de un *chardonnay* procedente de las cepas antiguas de la finca, las únicas que habían sobrevivido al incendio. La uva se había recogido a mano en el momento exacto de maduración y el proceso de fermentación había sido cuidadosamente mimado. Además, Ethan confiaba plenamente en su equipo y en su trabajo.

Le encantaba su trabajo. Le gustaba mezclar tecnología y sensibilidad y obtener como resultado los famosísimos vinos que todo el mundo disfrutaba. Se sentía muy bien trabajando en las bodegas familiares.

En aquel momento, oyó un ruido en la puerta y se giró para ver quién había llegado.

–Esta es la bodega –anunció Tamsyn–. Según Ethan, aquí comienza la magia, aunque yo creo que el tío Edward y Raif no estarían del todo de acuerdo porque, para ellos, todo depende de las cepas.

Ethan se tensó al ver que junto a su hermana llegaba Isobel. Se había cambiado y ahora llevaba un vestido holgado que le dejaba las piernas al descubierto. Ethan tuvo que hacer un gran esfuerzo para no mirarlas.

–Le estoy enseñando la finca a Isobel –anunció Tamsyn muy sonriente–. Perdón –se disculpó cuando comenzó a sonarle el teléfono móvil.

–Así que aquí empieza la magia, ¿eh? ¿Contigo? –le preguntó Isobel a Ethan–. Cualquiera lo habría dicho.

Ethan la miró a los ojos con intensidad y recordó la increíble magia que habían creado entre los dos, pero, antes de que le diera tiempo de comentar nada, su hermana había terminado la llamada telefónica.

–Ethan, era la novia que se casa dentro de poco. Tengo que ir al restaurante con ella para confirmar los menús de nuevo.

–¿Ahora? –se sorprendió Ethan intentando ocultar su malestar.

–Sí, ahora. Te puedes quedar con Isobel, ¿verdad? –preguntó girándose hacia la aludida–. Siento mucho dejarte así; si no he vuelto en un par de horas, nos vemos para cenar, ¿de acuerdo?

Y se fue. Los dejó a solas, Ethan sospechaba que adrede.

–Bueno, es evidente que estás ocupado, así que no hace falta que te ocupes de mí –comentó Isobel.

Ethan sabía que debía aceptar aquel ofrecimiento, pero no pudo evitar la tentación de no hacerlo. ¿Acaso Isobel creía que podía controlarlo y decirle lo que tenía que hacer?

–Te puedo conceder unos cuantos minutos.

–No hace falta que te molestes.

–Venga, te puedo hacer yo el resto de la visita.

–¿Por qué tengo la sensación de que te hubiera gustado añadir «y terminemos con esto cuanto antes»? –bromeó Isobel.

–Yo no he dicho eso –contestó Ethan.

Isobel se rio.

–¿Por qué no hacemos como si no nos conociéramos de nada y empezamos de nuevo?

–¿Estás de broma? –le pregunto Ethan sorprendido.

Era completamente imposible olvidar su olor, el tacto de su piel, la sensación de estar unido a ella de la manera más íntima posible. No, no podría hacer como que no la conocía de antes, como que no había compartido con ella lo que había compartido.

–Sí, tienes razón –contestó Isobel –, pero había que intentarlo. Bueno, así que aquí es donde haces el vino, ¿no? ¿Me enseñas los lugares en los que tiene lugar el proceso?

–Creía que eras fotógrafa. No sabía que te interesara el proceso.

Isobel se encogió de hombros.

–Me interesa entender los temas que voy a fotografiar porque me lo hace todo más fácil.

Ethan la miró sorprendido por lo que parecía un interés genuino, así que se lanzó a describirle las diferentes tareas que había que llevar a cabo desde que se recogía la uva hasta que se obtenía el vino y disfrutó de sus inteligentes preguntas. Para cuando terminaron la visita, habían pasado un par de horas.

Había disfrutado de su compañía a pesar de que su cuerpo andaba revolucionado por la atracción que sentía por aquella mujer. Había intentado evitar el contacto físico, pero, en algunos momentos, sus manos se habían rozado y entonces Ethan había sentido que era presa del deseo más fiero.

La atracción que había entre ellos era peligrosamente adictiva, la proximidad de Isobel, demasiado peligrosa. Tenía que poner distancia entre ellos. Si no, aquello se iba a convertir en un infierno.

Le sorprendió que Tamsyn apareciera de repente.

–¿Ha ido bien la reunión con la familia de la novia? –le preguntó a su hermana.

–Bueno, hemos conseguido llegar a un consenso… por lo menos, por hoy –contestó Tamsyn con una leve sonrisa.

Acto seguido, miró a Isobel y, luego, de nuevo a Ethan. Al comprender lo que se estaba preguntando, Ethan tomó una decisión.

–Ahora que tú te puedes volver a hacer cargo de la señorita Fyfe, voy a quedar con Shanal.

–¿Con Shanal? ¿Hoy?

Ethan no contestó a su hermana, pero se giró hacia Isobel.

–Si necesitas más información, no dudes en pedírmela. Me gustaría saber cuándo vas a empezar con las fotografías.

–Claro, ya te lo diré. Gracias por el tiempo que me has concedido –se despidió Isobel en tono profesional y educado.

¿Qué había sido de la amante cuya piel había explorado detalladamente con las manos y con la boca? Al estrecharle la mano, Ethan sintió que el deseo volvía a apoderarse de él. De hecho, sintió la imperiosa necesidad de besarla. Llevaba queriendo besarla desde que la había visto de nuevo la noche anterior.

Ethan le soltó la mano como si se hubiera quemado de repente, se despidió de las dos y volvió a la bodega. Era cierto que se lo había pasado bien en compañía de Isobel Fyfe, pero aquello no se iba a volver a repetir. Tenía que tener cuidado. Sobre todo, porque parecía que se llevaba muy bien con su hermana. ¿Estaría a salvo su secreto con ella?

Solo el tiempo lo diría.

Ethan marcó el número de teléfono de Shanal mientras pensaba que, a menos que estuviera dispuesto a pasarse todo el día pegado a Isobel, no podría estar seguro de si le contaba algo a su hermana o no.

Isobel miró a su alrededor y se fijó en los presentes. Por lo visto, el viernes por la noche todos los amigos de los Masters se reunían en su casa, así que había un montón de gente sentada en el césped y charlando en el porche. Parecían familiarizados entre ellos y con el entorno.

Isobel se fijó especialmente en una mujer de belleza exótica a la que le hubiera gustado mucho fotografiar.

–¿Buscas a mi hermano? –le preguntó Tamsyn al ver que estaba mirando a todo el mundo.

–No, la verdad es que no –contestó Isobel sin demasiada convicción.

–Sigue en la bodega, pero seguro que viene cuando se entere de que ha llegado a Shanal. Normalmente, en esta época del año suele estar de lo más antisocial. Me sorprende que la haya invitado hoy –le explicó Tamsyn, que iba agarrada del brazo de un hombre fornido de pelo rubio y ojos azules–. A lo mejor lo ha hecho para protegerse.

–No será de mí –contestó Isobel con firmeza.

Tamsyn llevaba toda la semana haciendo comentarios sobre su hermano y ella e Isobel estaba empezando a estar un poco harta. Lo cierto era que, cada vez que veía al hombre en cuestión, se le aceleraba el corazón, pero disimulaba como podía. Todos los miembros de la familia Masters eran encantadores.

–¿Conoces a mi prometido? –le preguntó Tamsyn–. Trent trabaja en un bufete en la ciudad y trabaja demasiado. Por eso, no suele venir mucho por aquí. Trent, te presento a Isobel Fyfe, la fotógrafa de la que te estaba hablando. Isobel, te presento a Trent Mayweather.

–Encantada de conocerte –contestó Isobel ofreciéndole la mano.

Le sorprendió que el hombre apenas se la tocara. Aquello le molestó, pues se sintió como si no fuera digna de la atención del recién llegado. Isobel se apresuró a apartar aquellos pensamientos negativos de su mente.

–Lo mismo digo –dijo el abogado–. He seguido el blog que escribiste el mes pasado, estando en África. Es impresionante el trabajo que has hecho allí.

–Gracias. Hago lo que puedo para conseguir fondos. De hecho, ahora tengo pensado volver, cuando acabe el proyecto aquí.

–¿Pero no…?

–Sí, me invitaron a que me fuera –admitió Isobel con una franca sonrisa–, pero tengo mis métodos para volver. Confío en poder hacerlo para terminar lo que dejé empezado.

Trent asintió.

–Admiro tu tenacidad. No creo que yo fuera tan valiente como tú.

–En realidad, esto no tiene nada que ver con ser valiente o no –contestó Isobel–. Estoy segura de que en tu trabajo, a veces, te ves en situaciones en las que no quieres dar tu brazo a torcer pase lo que pase.

–Así es, aunque tendrás que reconocer que el Tribunal Supremo es mucho menos peligroso que África.

Isobel se rio, pero se le cortó la risa en el momento en el que vio llegar a Ethan, que iba directamente hacia Shanal Peat. A la otra mujer se le iluminaron los ojos cuando lo vio y, de hecho, le dirigió una sonrisa de lo más especial.

Isobel no pudo evitar sentir envidia cuando se percató de que Ethan también le sonreía y se acercaba y la besaba en los labios. Se giró de espaldas para no ver el feliz encuentro y se concentró en lo que Trent le estaba diciendo.

Apenas lo había visto aquella semana. Por lo visto, estaba ocupado con los vinos y con la coordinación del trabajo en la bodega. Además, estaban cosechando uva *shiraz* en una propiedad que no era suya y apenas tenía tiempo siquiera para cenar con la familia. Tamsyn la mantenía bien informada del día a día de su hermano, de todas sus actividades.

Y, ahora que estaba en la misma habitación que él de nuevo, se moría por mirarlo, por darse el gusto de ver al objeto de su deseo, en el que no había podido dejar de pensar ni un solo día desde que había llegado.

Era cierto que Ethan era demasiado arrogante y autoritario y que eso ella no se lo consentía a ningún hombre, pero Ethan tenía derecho a ser quien era porque estaba en su casa, le gustara a ella o no.

Todos los miembros de la familia tenían a su cargo algún departamento de la empresa familiar, pero todos acudían a Ethan en busca de consejo. Era evidente que, tras la muerte de su padre, se había convertido en el patriarca. Ahora que conocía a su familia, Isobel comprendía la inmensidad de aquella responsabilidad. Aquello explicaba por qué tenía el carácter que tenía.

Seguro que siempre había sabido que algún día estaría al frente de todo porque era evidente que no huía de la responsabilidad y que se preocupaba de que a su familia nada le hiciera daño.

Sobre todo, a su hermana.

Tamsyn y Trent se excusaron y fueron a saludar a otra persona, así que Isobel se permitió girarse de nuevo hacia Ethan. No lo encontró en el lugar en el que lo había dejado, pero el sonido de su risa la ayudó a localizarlo de nuevo.

Le encantaba su risa. Isobel sintió que se derretía por dentro al oírla. De nuevo, volvió a sentir envidia al ver que era Shanal la persona que lo estaba haciendo reír. Por lo visto, era la única capaz de suavizarle el carácter.

Menos mal que solo le quedaban unas semanas allí porque no podría aguantar mucho más tiempo aquel tormento. No le hacía ninguna gracia estar en aquel lugar tan ordenado con aquella familia tan ordenada.

Aquello no era para ella.

Isobel tuvo que admitir que, por mucho que intentara convencerse de lo contrario, la verdad era que siempre había echado de menos tener una familia.

Ethan, que estaba hablando con Shanal, elevó la mirada y se dio cuenta de que Isobel los estaba mirando fijamente. Los estaba mirando, pero no los estaba viendo. Tenía la mirada perdida y la expresión vacía, sin rastro de su viveza acostumbrada.

Se preguntó qué le pasaría, pero Shanal volvió a reclamar su atención con un comentario y Ethan volvió a otorgársela. Sin embargo, unos segundos después se encontró de nuevo mirando a Isobel. La encontró junto a la mesa del porche en la que habían servido la cena. Llevaba un plato en la mano, pero Ethan se dio cuenta, a pesar de la distancia, de que apenas se había servido nada. Al instante, sintió la necesidad de protegerla.

–Ethan, ¿me estás escuchando? –le preguntó Shanal dedicándole una gran sonrisa.

Ethan la miró y, de nuevo, quedó hechizado por su belleza perfecta y exótica. Probablemente era la mujer más guapa que conocía y, además, era muy inteligente. Aun así…

Ethan se obligó a dejar de mirar a Isobel y a concentrar su atención en Shanal.

–Lo siento. He tenido mucho trabajo estos días –se disculpó.

–Y supongo que más que vas a tener –contestó Shanal poniéndole la mano en el brazo en señal de que aceptaba su disculpa–. Por cierto, esta noche no me voy a poder quedar hasta tarde porque tengo que terminar un informe de semillas.

–Entonces, será mejor que vayamos a cenar. No quiero que te vayas a casa con hambre.

Se acercaron caminando al porche y Ethan se dio cuenta de lo cómodo que estaba con Shanal. No era de extrañar, pues se conocían desde la universidad. Incluso habían compartido piso una temporada. Aquella comodidad que sentía en su presencia era otra buena señal para cortejarla y, con suerte, conseguir casarse con ella. Aunque también era cierto que aquella comodidad le hacía preguntarse por qué no había química entre ellos. Ambos eran adultos sanos. ¿No debería haber algo más?

Ethan se encogió de hombros y se dijo que ya habría tiempo para eso en el futuro. De momento, se conformaba con estar con ella y no acabar agotado de tanto deseo sexual, con la capacidad de concentración rota de querer ciertas cosas que no podía tener. ¿Cosas? No, nada de cosas. Él lo que quería era una persona. Concretamente, Isobel Fyfe.

Isobel Fyfe estaba al final del porche hablando en aquellos momentos con Zac Peters, el ayudante de Tamsyn y cerebro del departamento de marketing de los Masters. Lo escuchaba atentamente y Ethan no pudo evitar preguntarse de qué estarían hablando.

Nunca la había visto tan concentrada. Se quedó mirándola, fijándose en su pelo liso y rubio, recordando su suavidad.

–¿Estás bien? –le preguntó Shanal con el ceño fruncido.

–Sí, sí, estoy bien –se apresuró a asegurarle Ethan.

Isobel había vuelto a tirar todas sus defensas abajo. Aquella mujer era adictiva y, por lo visto, cuanto más intentaba resistirse a ella, peor le iba. A lo mejor era precisamente eso. A lo mejor, lo que tenía que hacer era volver a acostarse con ella para poder olvidarla.

Se dirigió con Shanal a la otra punta del porche para no tener a Isobel cerca y, así, poder concederle toda su atención a la mujer con la que se sentía más relajado. Eran amigos, buenos amigos, y había llegado el momento de ver si eran capaces de convertir aquella amistad en algo más.

–Bueno, me tengo que ir –anunció Shanal una hora después–. Muchas gracias por invitarme. Me lo he pasado fenomenal. Me encanta quedar contigo.

–A mí me pasa lo mismo –contestó Ethan cargando sus palabras de más sentimiento del acostumbrado–. Te acompaño al coche.

Así que caminaron hasta la entrada. Shanal abrió las puertas del coche con el mando a distancia y Ethan abrió la del conductor para que entrara. Antes de que lo hiciera, la besó delicadamente. Fue un beso muy breve, pues Shanal se apartó.

–Gracias por la velada –se despidió metiéndose en el coche–. Me lo he pasado muy bien.

–Yo, también –contestó Ethan. ¿Quedamos la semana que viene para cenar?

–Claro que sí. Llámame, ¿de acuerdo?

Y se fue. Mientras veía alejarse el coche, Ethan se preguntó si estaría haciendo lo correcto con aquel nuevo rumbo que le estaba dando a su amistad. La primera persona a la que vio de regreso fue a Isobel. En cuanto la vio, sintió que el deseo se apoderaba de él.

¿Cómo era posible que sintiera mucho más por Isobel Fyfe que por Shanal Peat, a la que conocía desde hacía tantísimos años?

Era casi medianoche cuando se fue el último de los invitados. Ethan pensó en irse a la cama porque al día siguiente tenía mucho trabajo, pero se encontró caminando hacia la cabaña de Isobel. No la había visto marcharse, pero su hermana le había dicho que la fotógrafa le había ayudado a recoger unas cuantas cosas antes de dar las buenas noches e irse a dormir.

¿Lo estaría evitando? Probablemente. Y no era de extrañar si le estaba pasando lo mismo que a él, si sentía el mismo deseo físico desde hacía tantos días. Tal vez, lo que Isobel estaba haciendo era mantener las distancias con él, tal y como Ethan le había pedido.

A lo mejor era una locura ir a verla, pero tenía la necesidad de hacerlo. A lo mejor, si se dejaba llevar por la pulsión usual que sentía, podría olvidarse de ella. Una voz en su interior se rio a carcajadas. ¿A quién pretendía engañar? Jamás había deseado a ninguna otra mujer como deseaba a Isobel. El deseo le corría por las venas y le recordaba constantemente lo que habían compartido. Lo que quería volver a compartir con ella, algo sin ataduras. Pero, ¿podría volver a ser así ahora que se conocían un poco más?

En un abrir y cerrar de ojos, estaba en la puerta de la cabaña a punto de llamar a la puerta. Todavía estaba a tiempo de irse. Isobel jamás se enteraría de que había ido a buscarla. Si lo hacía, al día siguiente no tendría que arrepentirse de nada ni nadie le reprocharía nada.

Llamó la puerta.

Capítulo Cinco

Ethan estaba en la puerta.

–¿Ethan? ¿Qué haces…?

Isobel no llegó a terminar la pregunta, pues el recién llegado la estrechó entre sus brazos y comenzó a besarla y ella le pasó los brazos por el cuello y le devolvió el beso con la misma pasión.

En aquel mismo instante, se dio cuenta de lo mucho que había deseado volver a besar a aquel hombre, lo mucho que quería su fuerza, su contacto y su presencia.

Mientas se besaban, Ethan la empujaba lentamente hacia el interior y cerraba la puerta.

–Si me dices que no, me voy ahora mismo –le dijo Ethan parando de besarla un momento.

Isobel le tomó el rostro entre las manos y lo miró intensamente a los ojos.

–Te digo que sí –contestó.

–Gracias –suspiró Ethan.

Isobel sonrió, consciente de que Ethan Masters tenía dos caras. Por una parte, era el patriarca ordenado y recto que no quería que se le acercara y, por otra, era el amante apasionado, que era quien había ido buscarla aquella noche.

Ella quería al amante, al que tenía en aquellos

momentos entre sus brazos, al hombre que la incendiaba por dentro hasta hacerla explotar como una estrella supernova.

Ethan le bajó los pantalones del pijama hasta los tobillos y le puso las palmas de las manos en las nalgas. Luego, se apretó con fuerza contra ella para que Isobel sintiera su potente erección y comprendiera el efecto que tenía en él sin necesidad de explicárselo con palabras.

Isobel sintió que todo su cuerpo se aceleraba y despojó a Ethan de su camisa porque sentía la necesidad imperiosa de acariciarlo, de sentir su piel, de recorrerla con manos, labios y lengua.

Olía de maravilla. Isobel aspiró su aroma profundamente y lo guardó en algún rincón de su mente para poder degustarlo cuando ya no estuvieran juntos, cuando se hubiera ido.

Ethan comenzó a acariciarla y le fue subiendo la camisa del pijama hasta los hombros, dejándola expuesta a su hambrienta mirada. Observó cómo se le endurecían los pezones y sus pechos se volvían voluminosos. Pedían a gritos que los tocara, así que los tomó entre sus manos, muy delicadamente, sin apenas tocarlos. Isobel sintió que el fuego se apoderaba de ella con fuerza y apretó las piernas.

Luego, se apretó con fuerza contra él, dejando salir la impaciencia que la había acompañado toda la semana. Nunca había tenido mucha paciencia, así que sus manos fueron directamente a la hebilla del cinturón, deslizó la mano por debajo de la cinturilla del calzoncillo y liberó su potente erección.

Cuando la tuvo en la mano, se dio cuenta de lo mucho que le gustaba sentirla, fuerte y viva. Isobel llevó la mano desde la punta hacia el otro extremo y sintió que Ethan se estremecía.

De hecho, la agarró de la mano.

–No, estoy a punto de… estoy demasiado deses-perado para que me toques así –explicó.

–Me encanta que te desesperes –murmuró Iso-bel apretándole un poquito más.

Ethan tomó aire.

–Espera, espera un poco –le pidió.

Acto seguido, le apartó la mano y la besó en la boca con fruición mientras le acariciaba la espalda y deslizaba un muslo entre las piernas de Isobel, que agradeció la caricia aunque sabía que no era sufi-ciente. Se apretó contra el muslo que Ethan le pres-taba y se restregó contra él con fuerza.

–Está bien, tú ganas –gimió Ethan dándole la vuelta–. Agárrate al respaldo del sofá –le ordenó.

Isobel sintió que se movía detrás de ella y que se sacaba algo del bolsillo del pantalón. Acto seguido, sintió su glande caliente y húmedo en la puerta de su vagina e Isobel elevó las caderas y abrió las pier-nas un poco más. Ethan tenía las manos apoyadas en sus caderas e Isobel se echó hacia atrás, introdu-ciendo la punta de su miembro dentro de ella.

Qué gusto, pero no era suficiente. Lo necesitaba todo dentro. Por fin, Ethan así lo comprendió tam-bién y la penetró por completo, hasta el fondo, de una manera tan fuerte que a Isobel le arrebató el aliento. Luego, comenzó a moverse en su interior e

Isobel comenzó a sentir que la presión interior era cada vez más fuerte. Pronto llegó al clímax y sintió que las piernas le temblaban y que los espasmos musculares internos le hacían llegar al éxtasis y gritar sin pensar en lo que hacía, dejándose llevar única y exclusivamente por las sensaciones.

Sintió que Ethan se tensaba y que caía sobre ella al llegar también al orgasmo. La tenía todavía agarrada de las caderas con fuerza. Ethan comenzó a acariciarla y a darle besos por la nuca; Isobel se estremeció de pies a cabeza y volvió a desearlo.

–No puedo mantener las distancias contigo –confesó–. Lo he intentado, pero no puedo.

Isobel sintió que el corazón le daba un vuelco, pues Ethan parecía realmente desvalido. A ella le pasaba lo mismo, pero era consciente de que lo que había entre ellos era pasajero y así quería que fuese. Además, sabía que, precisamente, la intensidad del momento se debía a que lo suyo era temporal, así que había que disfrutarlo sin pensar en las consecuencias.

–Pues déjame intentarlo –le aconsejó con voz trémula–. Estamos juntos ahora y eso es lo único que importa.

–Hasta ahí, puedo llegar –contestó Ethan besándola en el cuello y apartándose.

Isobel se dio la vuelta sin saber muy bien con qué se iba a encontrar cuando lo mirara a los ojos.

–Venga, vámonos a la cama –le dijo agarrándolo de la mano.

Ethan se quedó quieto como una estatua, pero,

al final dejó que Isobel lo arrastrara hasta su dormitorio, en el que había una cama enorme con las sábanas revueltas, prueba inequívoca de que había estado dando vueltas inquieta antes de que llegara.

Isobel comprendía lo mucho que le había costado a Ethan ir a buscarla aquella noche, pues llevaba toda la semana esquivándola y comprendía perfectamente por qué. Comprendía la gran responsabilidad que llevaba sobre los hombros y por qué era tan importante para él cumplir con las expectativas de su familia. La vida que llevaba aquella familia no se parecía en absoluto a la que ella llevaba, pero eso no significaba que no comprendiera lo que entrañaba ser el patriarca de una dinastía así.

Para que un hombre con su orgullo se arrastrara hasta su puerta, mucha lucha interna tenía que llevar encima e Isobel sabía mucho de luchar y de guerras, de cómo las guerras rompían familias y hogares. Las guerras, tanto las físicas como las mentales, siempre acarreaban un precio muy alto. La pregunta en aquel momento era quién iba a pagar el precio, ella o él.

Isobel tumbó a Ethan en la cama y comenzó a acariciarle el cuerpo. Lo besó en la clavícula y fue bajando por el esternón. Ethan la abrazó y le acarició la columna vertebral arriba y abajo. Isobel sintió cómo respondía su cuerpo, cómo el calor iba en aumento. Cuando el calor del cuerpo de Ethan se puso a tono con el suyo, Isobel alargó la mano hasta su mochila y rebuscó en el bolsillo lateral.

Ethan apenas dijo nada, se quedó mirándola

mientras abría el preservativo y se lo colocaba lentamente. Luego, se sentó a horcajadas encima de él y lo fue guiando hasta el interior de su cuerpo.

Ethan la dejó hacer, la dejó moverse como le plació para acomodarlo en su interior y disfrutó de oírla suspirar cuando, por fin, quedaron acoplados.

Entonces, la tomó de las caderas y comenzó a moverse al ritmo que ella imponía. Isobel abrió los ojos y lo miró intensamente sin dejar de montarlo. Lo hacía de mode deliberado lenta y suavemente. Las gotas de sudor le cubrían la cara y las oleadas de placer se fueron apoderando de ella hasta colocarla al borde del éxtasis.

Ethan aprovechó aquel momento para colocarse sobre ella y comenzar a marcar él el ritmo, las embestidas cada vez más salvajes, los gritos de Isobel cada vez más altos hasta que ambos llegaron al orgasmo al unísono.

—Gracias —dijo Ethan en voz baja al cabo de un rato.

—¿Gracias?

—Por no echarme.

Isobel sonrió.

—¿Cómo me iba a querer perder todo esto? —le preguntó entre risas.

—¿Es que no te tomas nada en serio? —le preguntó Ethan sacudiendo la cabeza.

—Por supuesto que sí. Mi trabajo, pero en lo demás me dejo fluir.

—¿Y eso qué te hace sentir? —le preguntó Ethan apartándose un mechón de pelo de la cara.

–Me hace sentirme libre. A no ser que tenga algo que ver con mi trabajo, no me preocupo jamás de lo que los demás piensen o digan de mí.

–¿Y no te llama la atención la idea de echar raíces en un sitio concreto?

–No, en absoluto. Llevo casi toda la vida yendo de un lado para otro y no quiero dejar de hacerlo.

Ethan se relajó e Isobel se preguntó si no sería porque, en su fuero interno, temía que le fuera a hacer exigencias ahora que se habían vuelto a acostar. ¿Se creería que quería algo más aparte de sexo? Podía estar tranquilo, ella nunca buscaba nada serio. Isobel sintió un nudo de melancolía en el pecho, pero se apresuró a dejarlo partir.

No era de mantener relaciones largas y lo que había entre ellos, fuera lo que fuese, duraría lo que tuviera que durar y nada más. Ahora que Ethan se había permitido ir a buscarla, tenían que disfrutar el uno del otro.

–¿Por eso decidiste ganarte la vida como fotógrafa? –le preguntó Ethan.

–No, aunque es un trabajo flexible, no lo elegí por eso. Más bien, el trabajo me eligió a mí. Cuando mi padre y yo abandonamos Nueva Zelanda y comenzamos a viajar, uno de sus amigos me regaló una cámara que ya no usaba y yo comencé a hacer fotos y descubrí que se me daba bien. Me quedé fascinada con las luces y sombras de la vida.

–Eso suena muy profundo –comentó Ethan.

–Bueno, es que no siempre hago catálogos –se rio Isobel.

–¿Qué más haces?

Isobel dejó de reírse cuando recordó lo último que había hecho en África, cuando recordó el calor, los olores y la pobreza, la humillación y la impotencia de la gente a la que echaban de sus casas por orden de un mandamás déspótico y avaricioso. En mitad de toda aquella desolación, aquella gente seguía teniendo esperanza de que las cosas mejoraran, de que algún país los ayudara.

Esa era la misión de Isobel, mostrarle al mundo a esa gente que necesitaba ayuda, enseñarles aquella desesperación a gente privilegiada y a los gobiernos, para que los ayudaran de alguna manera.

–Hago fotografías de gente. De familias, sobre todo.

Lo dijo con voz desenfadada porque no le parecía el mejor momento para hablar de ello. Cuando quería hablar de las cosas serias que hacía en la vida, escribía en el blog. Eso solía ser cuando estaba en África. El resto del tiempo vivía su vida con intensidad, con alegría.

–¿Te refieres a ese tipo de fotos familiares con bebés gorditos y padres orgullosos?

–No, no exactamente –contestó Isobel sopesando la posibilidad de contarle algo más.

Pero no tuvo que llegar a ninguna conclusión porque Ethan se levantó de la cama.

–Bueno, me tengo que ir –anunció.

–¿No te quedas?

Isobel se dijo a sí misma que daba igual, que no debía disgustarse por que se fuera.

–Mañana tengo que madrugar mucho y no quiero molestarte. Además, no creo que sea buena idea acostumbrarme a esto.

Había vuelto a cerrarse. Isobel lo vio claramente, por alguna estúpida razón, le afectó. ¿Pero qué esperaba? ¿Que le dijera que sentía algo por ella y que todas las noches fueran tan espectaculares como aquella? No, claro que no. No quería eso.

«Mentirosa», le dijo una voz en su interior.

Isobel se apresuró a hacerla callar y se dirigió al baño para lavarse. Ethan salió en aquel momento del baño y le dio las gracias cuando Isobel le tendió su ropa. Luego, la besó breve y castamente en la boca y se vistió. Poco después, se fue. Isobel apagó las luces y se metió en la cama, se hizo una bola en el lugar en el que Ethan había estado tumbado, diciéndose que era patética por desear que volviera a su lado mientras inhalaba su olor.

Desde que había conocido a Ethan Masters, su vida se había convertido en una montaña rusa de deseo y confusión. Aunque aquel hombre llevaba una vida completamente diferente a la suya, se sentía inexorablemente atraída por el.

Se tapó con la manta y se intentó convencer de que la cama no estaba vacía por el hecho de que Ethan no estuviera a su lado.

Era domingo por la tarde y Ethan estaba dando una vuelta por la bodega, pensando que la visita que le había hecho a Isobel el viernes por la tarde no le había servido de nada. Estaban todos acostados, de manera que él podía pensar tranquilamente. Estaban en un momento del proceso de fermentación que le encantaba.

A pesar de que disfrutaba mucho con su trabajo, le estaba costando mucho concentrarse. No podía dejar de pensar en Isobel cuando le había abierto la puerta, en su facilidad para aceptar lo que le ofrecía, en sus piernas abrazándolo de la cintura.

Ethan se pasó la mano por el pelo e intentó apartar aquellas imágenes de su mente, intentó olvidar las largas piernas de Isobel y sus redondeadas nalgas.

Habría sido lo más fácil quedarse a dormir con ella toda la noche, pero no lo había hecho porque se sentía demasiado vulnerable y expuesto y no quería que sus defensas siguieran bajando.

Ciertamente, los dos se lo habían pasado muy bien, pero Ethan comprendía que quien había llevado la voz cantante toda la velada había sido ella. Darse cuenta de aquello, lo sobresaltó, pues estaba acostumbrado a mandar él, e Isobel le había arrebatado aquel protagonismo sin que él ni siquiera se hubiera dado cuenta en el momento.

Allí la tenía de nuevo, apoderándose de su mente, de sus recuerdos. Ethan había comido aquel día con Shanal, pero no había sacado nada en claro del encuentro. Habían dado un paseo por el jardín botánico. A pesar de que se había esforzado en sentir algo, no había sentido nada cuando la había agarrado de la mano ni se había excitado cuando la había besado antes de volver a casa. Y sabía que a Shanal le había pasado lo mismo porque había intentado besarlo en la mejilla en lugar de en los labios.

Aquello le había irritado, ¿por qué se mostraba Shanal tan reacia? Y, sobre todo, ¿por qué se había pasado la mitad del tiempo que había estado con Shanal preguntándose qué estaría haciendo Isobel? La había visto salir en coche con Cade y había sentido celos, unos celos que le habían dejado un regusto amargo.

No podía y no quería tener derechos sobre ella. Si ella quisiera, podría acostarse con todos sus primos y él no tendría derecho a impedírselo. Ethan sintió que la cabeza comenzaba a darle vueltas ante aquella posibilidad y la sacudió. Todo aquello era ridículo, pero lo cierto era que no podía dejar de pensar en ella.

En aquel momento, oyó que un coche se acercaba lentamente a la casa y miró por la ventana. Era Cade, que se dirigía a la cabaña de Isobel a dejarla. A Ethan le pareció que su primo tardaba un poco más de lo normal en volver.

Ethan intentó desesperadamente ignorar la sensación que todo aquello le propiciaba. Sentía la imperiosa necesidad de salir corriendo hacia la cabaña de Isobel y preguntarle qué había estado haciendo con su primo durante todo el día.

En un abrir y cerrar de ojos, había apagado las luces de la bodega, había cerrado la puerta con llave y corría hacia la cabaña.

La vio sentada en la mesa de la cocina, con el ordenador encendido delante, mirando unas fotografías en la pantalla. Dudó. Se sentía como un espía, observándola en la oscuridad.

Llevaba dos días sin verla y creía que, durante ese tiempo, había conseguido controlarse un poco, pero ahora que la estaba viendo de nuevo...

Debió de hacer algún ruido porque Isobel se giró, de manera que Ethan no tuvo más remedio que avanzar y llamar a la puerta.

–Te gusta esto de aparecer de repente, ¿eh? –lo saludó.

–¿Puedo pasar?

Ethan no se explicaba qué hacía allí exactamente. Solo sabía que había sentido la imperiosa necesidad de ir. Ahora que tenía a Isobel ante sí, no sabía qué decirle. Su cuerpo sí que, por lo visto, sabía lo que quería.

Isobel se hizo a un lado para dejarlo pasar.

–¿Quieres beber algo? ¿Una copa de vino?

–Sí, gracias –contestó Ethan fijándose en que Isobel tenía una copa de vino tinto junto al ordenador.

–El que tú estés tomando me va bien.

–¿Estás seguro? –le preguntó Isobel con una chispa traviesa en los ojos–. No es tuyo.

–¿Lo dices porque sabe a vinagre? –bromeó Ethan.

–No, en absoluto. De hecho, a mí me parece muy bueno, pero a ver qué te parece a ti.

Ethan se acercó y miró la etiqueta, reconociendo al instante el vino neocelandés.

78

–Tienes razón, este vino es muy bueno –admitió.

Isobel le llevó una copa y le sirvió.

–Supongo que no habrás venido a hablar de vinos –comentó dando un trago al suyo.

Ethan se quedó boquiabierto durante un segundo, mientras Isobel se pasaba la punta de la lengua por el labio inferior, pero luego consiguió reaccionar y mirarla a los ojos. Allí vio un reto que reconoció inmediatamente.

–No, claro que no. ¿Qué tal te ha ido el día?

Evidentemente, la pregunta la había sorprendido, porque tardó unos segundos en contestar.

–Bien. ¿Y a ti? ¿Qué tal la comida con Shanal?

–¿Cómo sabes que he comido con Shanal?

–¿Era un secreto? Cade y yo os hemos visto dando un paseo por el jardín botánico. No nos hemos parado a saludaros porque íbamos de camino a Adelaida a pasar el día.

Ethan sintió la absurda necesidad de pedir perdón por haber invitado a Shanal a comer. Apenas conocía a Isobel y tampoco iba a transcurrir mucho tiempo antes de que ella se fuera y lo dejara atrás, así que había elegido pasar más tiempo con la mujer con la que quería casarse.

–Nos lo hemos pasado muy bien –comentó–. ¿Y vosotros?

Isobel sonrió.

–Tu primo me ha enseñado su casa.

–¿Cómo?

Isobel se rio a carcajadas.

–Sabía que ibas a reaccionar así.

–No he reaccionado de ninguna manera –contestó Ethan con demasiado énfasis.

–Hemos comido allí. Cocina muy bien.

Ethan asintió y sintió cierto alivio.

–Sí, cocina muy bien. De hecho, varios hoteles y restaurantes de Sídney y de Melbourne han hablado con él para ofrecerle un puesto de trabajo; tenemos suerte de que siga aquí –admitió.

–¿Y no se estará cerrando puertas al quedarse aquí? –le preguntó Isobel.

–¿Por qué dices eso? –le preguntó Ethan intentando apartar los ojos de su boca.

–Bueno, si se queda aquí, trabajando en vuestro restaurante en lugar de probar en otros sitios, a lo mejor se está perdiendo algo.

–Se queda aquí porque quiere, nadie le está obligando.

–No, pero tienes que admitir que le iría bien si se fuera.

–Claro que le iría bien. Le va bien quedándose aquí y también le iría bien si se fuera a otro sitio, pero, ¿por qué iba a querer irse? Aquí es su propio jefe y trabaja con gente a la que conoce y en la que confía, gente que lo quiere y lo aprecia. De hecho, nunca ha dicho que se quisiera ir.

–A lo mejor, como todo el mundo espera de él que se quede, no se ha atrevido nunca a comentarlo.

Ethan la miró con intensidad.

–¿Te ha pedido mi primo que me dijeras algo?

–No, en absoluto –negó Isobel–, pero tiene mucho talento y es muy joven. Me parece una pena que se quede aquí, pudriéndose para siempre y que no explore otros mundos.

–¿Te parece que los que vivimos aquí nos pudrimos?

–Bueno, a lo mejor es una palabra un poco exagerada, pero… no sé, no es muy habitual que una familia entera viva junta como vosotros…

–Puede que no sea muy habitual, pero eso no quiere decir que sus miembros se pudran ni que nos impidamos los unos a los otros explorar otros mundos. Nos apoyamos y a todos nos interesa que a los demás les vaya bien.

–A ti más que a los demás.

–¿Por qué dices eso?

Isobel volvió a sonreír.

–¿Y tú me lo preguntas? –bromeó apoyándose en el sofá en el que la había poseído hacía dos días.

Ethan no podía apartar aquella imagen de su mente y se dio cuenta de que se le había endurecido la entrepierna, así que apretó los puños y se los metió en los bolsillos de los pantalones, pero no le sirvió de nada.

–Es bastante evidente que el que más responsabilidad soporta por aquí eres tú.

–Todos por aquí tenemos nuestras responsabilidades –contestó Ethan.

–La verdad es que no estoy acostumbrada a un sitio en el que todo el mundo es familia y se trabaja en equipo. Supongo que llevo demasiado tiempo sola y me cuesta imaginarme trabajando como vosotros.

–Lo cierto es que nos va muy bien así. La empresa familiar ha crecido mucho gracias a los diferentes y variados gustos y estudios de todos nosotros. En el caso de Cade y de Cathleen, si no hubieran elegido los estudios que eligieron, a ninguno de nosotros se nos habría ocurrido poner un restaurante ni admitir huéspedes.

Isobel alargó la mano hacia la botella y sirvió otras dos copas de vino.

–¿Por qué no nos sentamos? –lo invitó, dejando la botella sobre la mesa que había delante del sofá.

Ethan eligió la butaca solitaria que había a un lado e Isobel se sentó en el sofá sola.

–¿Qué tal vas con las fotos? –le preguntó señalando el ordenador.

–Estás deseando librarte de mí, ¿eh?

–Yo no diría eso –contestó Ethan.

Sin embargo, la pregunta de Isobel hizo que reflexionara. ¿Estaba deseando que se fuera? Sí, la verdad era que sí, pero, por otra parte... no. No le gustaba tenerla cerca porque lo descontrolaba, pero no quería que se fuera y no volver a verla, no volver a sentir la pasión que aquella mujer le despertaba.

–Sigues preocupado porque le pueda contar algo a tu hermana sobre tu madre, ¿verdad? –le preguntó Isobel yendo directamente al grano.

–Es una información que no te atañe a ti y espero que comprendas que no tienes derecho a contársela a nadie.

–Pero tu hermana sí que tiene derecho a saberlo.

–Permite que sea yo quien decida eso.

–Ya, pero…

–No es asunto tuyo, Isobel, así que déjalo ya, ¿de acuerdo? –la interrumpió Ethan.

–Estamos de acuerdo en que no es asunto mío, pero sí que atañe a tu hermana y eso lo tienes que reconocer.

–Lleva veinticinco años sin saber nada y está bien así. Nunca se ha quejado, siempre le ha ido bien teniendo una familia compuesta por mi padre y por mí. Mi hermana no es ninguna criatura herida que necesita que tú la protejas. Es una joven fuerte, guapa e inteligente que no necesita que sus cimientos se zarandeen por culpa de una mujer que, por lo visto, nos abandonó sin mirar atrás. ¿Qué ganaría mi hermana sabiendo que su madre sigue con vida?

Isobel dio un trago al vino antes de contestar.

–¿La verdad, quizás? Respuestas a ciertas preguntas que tal vez se haga. Podría hablar directamente con ella y preguntarle todo lo que quisiera, por qué se fue, por qué no volvió, por qué nunca intentó ponerse en contacto con vosotros. ¿No te has parado a pensar que, a lo mejor, hay algo más de lo que te han contado?

–No –contestó Ethan categóricamente–. Para mi hermana mi madre no existe y, de momento, quiero que siga siendo así.

–Ethan, te estás equivocando. Tu hermana tiene derecho a tomar sus propias decisiones.

Ethan maldijo en voz baja. Era evidente que Isobel no estaba dispuesta a dar su brazo a torcer. No sabía por qué había ido a buscarla, pero, desde luego, no había sido para discutir.

–¿Por qué pareces tan decidida a hacerme cambiar de opinión?

–Porque las familias no deberían tener secretos –contestó Isobel.

Ethan detectó cierto dolor en su rostro y de nuevo apareció el deseo de protegerla.

–¿Qué secreto había en la tuya?

Isobel se tomó su tiempo para contestar.

–Mis padres se pusieron de acuerdo para no contarme que mi madre estaba enferma –contestó Isobel con lágrimas en los ojos–. Tenía una enfermedad muy extraña de pulmón, una enfermedad mortal, pero a mí no me lo dijeron. Mi madre siempre estaba cansada o de mal humor. Como no me contaron nada, como quisieron protegerme tanto, nunca me dieron la oportunidad de comprender por qué siempre se encontraba mal.

–¿Cuántos años tenías cuando murió? –le preguntó Ethan con dulzura.

Isobel se secó las lágrimas rápidamente y frunció el ceño como si no le hiciera ninguna gracia mostrarse débil ante él. Cuando continuó hablando, lo hizo con voz dura y Ethan sintió pena por ella.

–Dieciséis años. Me dijeron la verdad solo unos meses antes de su muerte y me sentí como una tonta por haber vivido de espaldas a su enfermedad. Al final del proceso, la cosa se complicó mucho y la tuvieron que ingresar. Incluso entonces, solo me permitieron ir a visitarla una vez y, entonces, me aseguraron que todo iba a ir bien y que iba a volver a casa.

–Evidentemente, intentaron protegerte –comentó Ethan para intentar reducir su rabia y su frustración.

–Mantuvieron en secreto una información que yo tenía derecho a conocer. ¿De verdad crees que fue justo no contármela? A pesar de mi juventud, yo no era ninguna idiota, ya no era una niña. Si me lo hubieran contado, habría tenido tiempo para comprender lo que iba a suceder y para disfrutar del tiempo que nos quedaba. Ni siquiera pude despedirme de ella. Mi padre no le hizo funeral, así que se fue sin ningún tipo de celebración en su honor –recordó Isobel llorando de nuevo–. A la mañana siguiente de su muerte, mi padre me dijo que había muerto, que metiera unas cuantas cosas en una maleta y nos fuimos al aeropuerto. Esa fue la última vez que vi mi casa. Desde entonces hasta que mi padre murió cuatro años después, nos dedicamos a viajar sin parar. Siempre he creído que mi padre nunca puedo soportar la muerte de mi madre, jamás se sobrepuso a ella y huía y huía.

–Lo siento mucho, siento que tuvieras que vivir algo así, pero la situación de mi familia es muy diferente. Somos adultos y hemos crecido creyendo una cosa y ahora resulta que no es verdad. ¿Qué derecho tengo yo a cargar a mi hermana con semejante peso?

–Tienes que dejar que sea ella quien decida lo que quiere hacer con esa información –contestó

Isobel poniéndose en pie y secándose las lágrimas con un pañuelo–. Tú mismo lo acabas de decir. Es una adulta completamente capaz de tomar sus propias decisiones. Tienes que dejar que sea ella quien decida qué quiere hacer cuando se entere de que tu padre os mintió. ¿O no es eso? ¿No quieres dañar la imagen que Tamsyn tiene de tu padre?

–Puede ser –admitió Ethan sorprendido por su claridad mental.

–No lo va a querer menos por esto –lo tranquilizó Isobel volviéndose a sentar en el sofá–. Aunque mis padres me ocultaron todo aquello, los sigo queriendo con todo mi corazón y siempre los querré. Me habría gustado que me hubieran contado la verdad, pero nunca me respetaron lo suficiente como para hacerlo, como para compartir sus miedos conmigo, creyeron que lo mejor era protegerme, pero te puedo asegurar que se confundieron y que tú te confundes ahora cuando intentas proteger a tu hermana. Deberías compartir la información con ella y apoyaros el uno al otro.

–No estoy de acuerdo, pero… me lo voy a pensar –le prometió Ethan–. Hasta que tome una decisión, necesito poder confiar en ti, saber que no le vas a contar nada. La verdad es que no te debería haber contado nada yo a ti…

–Cuando lo hiciste, no contabas con volver a verme –le recordó Isobel–. Mira, quiero que comprendas que lo que mis padres hicieron fue robarme la posibilidad de aprovechar el tiempo que me quedaba con mi madre. A lo mejor, en lugar de comportarme como una adolescente insoportable, me habría comportado de otra manera. Me robaron la posibilidad de prepararme para la vida sin ella, de despedirme y decirle lo mucho que la quería. Aun así, siempre tengo esperanza, lo que me mueve es la esperanza de algo mejor, más vivo, más feliz, de encontrar algo interesante a la vuelta de la esquina. Ya no tengo el anhelo de arreglar las cosas con mis padres porque eso quedó atrás hace muchos años, pero vivo con la ilusión de ser feliz, ¿sabes? Tu hermana y tú, sin embargo, si queréis, tenéis la posibilidad de tener a vuestra madre.

–No –contestó Ethan–. Yo no creo en segundas oportunidades. Tus circunstancias son muy diferentes a las nuestras. Bueno, creo que ha llegado el momento de que me vaya porque no nos vamos a poner de acuerdo en esto. Gracias por el vino.

Dicho aquello, se puso en pie dispuesto a irse.

–Confía en Tamsyn –insistió Isobel desde la puerta–. Confía en que sabrá lo que tenéis que hacer con tu madre.

–¿Y por qué no puedes confiar en mí y en que yo sé lo que es mejor para mi hermana? –le espetó Ethan antes de perderse en la oscuridad.

Estaba muy enfadado. Cuando llegó a la casa principal, se quedó mirando la cabaña de Isobel, observando cómo una a una las luces se iban apagando. ¿Para qué había ido a verla? Todavía no lo sabía, pero, fuese para lo que fuese, no había sido para discutir sobre su hermana.

Capítulo Seis

–¡Son fabulosas! –gritó Tamsyn radiante–. ¿Se las has enseñado a Cade y a Cathleen?

–Todavía no. He quedado con ellos y con el personal del restaurante esta tarde –contestó Isobel echándose hacia atrás en la silla y observando las series de fotografías que había hecho hasta la fecha.

Era cierto que eran estupendas y se sentía orgullosa del trabajo realizado. Se sentía realmente cómoda haciendo retratos y sabía que captaba perfectamente el carácter de las personas que posaban para ella.

En las fotografías de los viñedos en las que aparecían Raif y su padre de lejos, el lenguaje no verbal que había entre aquellos dos hombres entregados al vino decía mucho de su relación y de lo bien que se llevaban, de lo mucho que se respetaban. Isobel estaba encantada de haber podido captarlo.

¿Se habrían llevado Ethan y su padre igual de bien?

–Me encanta esta –comentó Tamsyn–. Además de que los viñedos están preciosos con esa luz, lo que realmente me encanta es que el tío Edward y Raif son ellos de verdad. ¿Podríamos agrandarla un poco más?

–Claro que sí –contestó Isobel pulsando las teclas necesarias para hacerlo–. ¿Así?

–Sí. ¿Me la podrías imprimir? A mis tíos seguro que les encantaría tenerla.

–Por supuesto –contestó Isobel preparando la impresión–. ¿Estás bien? –le preguntó de repente al ver que Tamsyn se había entristecido.

Tamsyn sonrió sin convicción.

–Echo de menos a mi padre.

–Es normal.

–Murió tan de repente que no nos dio tiempo de digerirlo. Solo quedamos Ethan y yo… eso me hace sentir la necesidad de agarrarme a algo, ¿sabes? Hemos perdido el gran pilar de nuestras vidas –le explicó señalando a su tío en la fotografía–. No quiero perderlo completamente, no quiero olvidar a mi padre. He intentado hablar con Ethan de esto, pero no me escucha. Es como si, para mi hermano, mi padre hubiera desaparecido completamente, como si no quisiera pensar en él. Se está comportando exactamente igual que hizo mi padre con nuestra madre. Yo era muy pequeña cuando ella murió y no me acuerdo de ella en absoluto, y ahora los he perdido a los dos… cuánto me gustaría tener algo más de ellos a lo que agarrarme –confesó mientras las lágrimas le resbalaban por las mejillas.

Isobel se puso en pie y la abrazó en silencio.

–Cada uno lleva el duelo como puede –murmuró Isobel mordiéndose la lengua para no contarle la verdad a Tamsyn.

–Lo sé, he leído mucho al respecto. Creo que Ethan está pasando por la etapa de la rabia… está enfadado con mi padre por algo, pero no sé por qué es. No sé si será por el mismo hecho de haberse muerto tan de repente o por otra cosa… lo cierto es que no quiere hablar de ello conmigo.

–Lo único que puedes hacer es seguir intentándolo. Da la sensación de que no se le da muy bien compartir sus sentimientos, ¿verdad?

Tamsyn se rio.

–No, en absoluto. Siempre ha sido muy introvertido, incluso de niño. A mucha gente le parece que es frío y distante, pero yo creo que es por toda la responsabilidad que lleva encima. Siempre ha sido así y eso le ha hecho creer que no puede fallar nunca. Siempre ha querido ser como mi padre y mi padre fue un hombre muy centrado que siempre tenía todo bajo control. Ahora que ha muerto, Ethan se ha vuelto todavía más exigente consigo mismo. Ni siquiera se permite llorarle. Cada vez está más distante con nuestras tías y con nuestro tío… y conmigo. Me gustaría saber por qué.

–Comprendo. A ti lo que te pasa es que echas de menos a tu hermano… al hermano que tenías antes de que tu padre muriera –recapacitó Isobel.

–Sí, es exactamente eso. No hemos tenido madre desde pequeños, luego hemos perdido a nuestro padre y ahora tengo la sensación de que estoy perdiendo también a mi hermano.

–Habla con él –la urgió Isobel mientras Tamsyn iba por una caja de pañuelos de papel–. Tienes que conseguir que te escuche. Te quiere.

–Lo sé –contestó Tamsyn limpiándose la nariz y alejándose un poco de Isobel como para ocultar su dolor–. Lo que pasa es que me siento como si me hubiera dejado fuera, ¿sabes? Me siento como si estuviera fuera de mi propia vida, viéndola desde la calle, con la nariz apoyada en el escaparate.

–¡Me gusta esa analogía! –se rio Isobel para intentar quitarle hierro al asunto porque el dolor que percibía que Isobel estaba sintiendo era muy fuerte.

–Quiero mucho a mi hermano. Él siempre ha sido la roca a la que me he agarrado, pero ahora me doy cuenta de que no es tan fuerte. Se está haciendo el fuerte y no me deja acercarme a él. No quiere que yo sepa lo que siente. En realidad, yo lo único que quiero es compartir nuestro dolor y que nos ayudemos el uno al otro –le explicó Tamsyn.

–¿Has hablado de esto con Trent? –le preguntó Isobel–. Os vais a casar, ¿no? Seguro que te ayuda.

Tamsyn la miró de una manera que Isobel no acertó a interpretar.

–Estamos los dos siempre muy ocupados con nuestros trabajos y apenas nos vemos. Precisamente, porque nos vemos poco, cuando nos vemos no quiero cargarle con mis problemas porque él ya tiene suficiente con los suyos.

Isobel se preguntó qué tipo de pareja era aquella que no se apoyaba el uno en el otro.

Tamsyn suspiró y se sentó en una silla.

–A veces me siento muy sola. Antes, siempre podía hablar con Ethan de casi todo. Ahora, tengo la sensación de que me oculta algo.

–Así es –comentó Isobel sin darse cuenta, sin tiempo de morderse la lengua.

–¿Por qué dices eso? –le preguntó Tamsyn mirándola confusa.

Isobel tomó aire. Ya era demasiado tarde para echarse atrás, así que decidió seguir adelante.

–Efectivamente, tu hermano te está ocultando algo. Ve y pregúntale qué es.

–¿Cómo? ¿Y tú lo sabes? ¿Cómo es que tú lo sabes si es un secreto?

Isobel se dio cuenta de que acababa de abrir la caja de Pandora.

–Verás, Ethan y yo ya nos conocíamos de antes –confesó.

–¡Lo sabía! –exclamó Tamsyn–. Sabía que había algo entre vosotros. Lo presentía. Mi hermano suele ser muy educado y agradable con los invitados y no lo fue contigo. Quiero detalles.

Isobel comprendió que Tamsyn tenía derecho a aquello y a más.

–Lo cierto es que nos conocimos por casualidad la noche anterior y… la pasamos juntos.

–¿Tuvisteis una aventura de una noche? Pero Ethan nunca…

–Yo tampoco, pero la tuvimos. No esperaba volver a verlo y él tampoco, así que cuando nos volvimos a ver aquí de repente no fue fácil para ninguno de los dos.

Tamsyn se quedó mirándola atentamente.

–Pero eso no es todo, ¿verdad? Eso no es lo que Ethan me está ocultando, ¿no?

Isobel se acercó a ella y la agarró de las manos con fuerza.

—No, no es eso. Ethan me contó una cosa, algo que yo no tengo derecho a revelar, pero creo que tienes derecho a saberlo y, como parece que tu hermano no tiene ninguna intención de contártelo, te lo voy a contar yo.

Tamsyn palideció.

—Es algo espantoso, seguro. No sé si lo quiero saber.

—No, creo que es mejor que lo sepas. Ethan está intentando protegerte, evitarte un daño mayor, pero tienes derecho a saberlo. Creo que te mereces la oportunidad de decidir qué quieres hacer —contestó Isobel tomando aire y lanzándose—. Tu madre está viva. Vuestro padre os ocultó la verdad y Ethan se acaba de enterar el viernes, cuando bajó a la ciudad. Está enfadado con tu padre y está intentando digerir solo todo esto como puede.

Tamsyn se quedó en silencio, completamente conmocionada.

—¿Y para qué me tiene a mí? —chilló enfadada—. ¿Por qué no confía en mí? —se lamentó.

—Es tu hermano mayor y quiere protegerte.

—No le excuses —contestó Isobel zafándose de Isobel y apartándose abruptamente de ella—. Por si no os habéis dado cuenta, soy una mujer hecha y derecha, una adulta. Ethan no tiene ningún derecho a ocultarme esa información.

Antes de que a Isobel le diera tiempo de decir nada más, Tamsyn había salido dando un gran portazo. Isobel se sentó en la silla y se dio cuenta de que le temblaban las manos y le dolía el estómago.

Ethan la iba a matar. Seguro que no comprendía por qué había sentido la necesidad de contarle a su hermana lo que le había prometido que no le contaría.

Isobel se estremeció de pies a cabeza.

¿Qué demonios había hecho?

Ethan abandonó la bodega furioso.

Isobel Fyfe se había pasado de la raya. Tamsyn lo había llamado hecha un basilisco y lo había acusado de las peores cosas, incluido de tratarla como una niña, y él no había sabido qué decir. Su hermana estaba muy enfadada, así que había preferido no decir nada porque había supuesto que, dijera lo que dijera, las cosas no se iban a arreglar fácilmente.

Maldita Isobel. ¿Cómo se le había ocurrido contarle algo así, algo que no le pertenecía? Más le valdría estar en su cabaña porque prefería decirle lo que le iba a decir a solas.

Ethan llamó a la puerta con fuerza. Para su sorpresa, estaba abierta.

–Te estaba esperando –anunció Isobel muy calmada–. Por favor, pasa.

Isobel se apartó y se dirigió al salón, haciéndole un gesto para que se sentara.

–Prefiero quedarme de pie porque no voy a tardar mucho en decirte lo que te tengo que decir

–contestó Ethan–. Acabo de estar con Tamsyn. Supongo que ya lo sabrás.

Ethan sentía que la cólera le secaba la boca y le obligaba a apretar los puños, así que se obligó a soltar los dedos uno por uno y a controlar el enfado.

–¿Por qué se lo has dicho? –le preguntó.

–Porque alguien tenía que hacerlo y tú no lo ibas a hacer –contestó Isobel con una calma que lo sacó de quicio.

–No tenías derecho.

–No es cuestión de hablar de mis derechos sino de los de tu hermana. Ella merece saber la verdad.

Ethan se rio con amargura.

–¿Qué es lo que se merece saber, que tenemos una madre que por lo visto era alcohólica? Parece ser que nos metió en el coche después de haberse bebido un par de botellas de vino y decidir que se iba con su amante. Luego, sobrevino el accidente en el que tanto mi hermana como yo salimos heridos. Después, se fue y no volvió a mirar atrás. ¿De verdad es bueno saber todo eso? –le espetó alzando la mano cuando Isobel fue a contestar–. No digas nada. Ya has dicho demasiado. No sabías la historia completa y, además, no has respetado mi derecho a no contárselo a Tamsyn. Creo que nuestro padre nos ahorró mucho sufrimiento ocultándonos la verdad y ahora vas tú y los estropeas todo.

–Aunque la verdad sea horrible, sigo creyendo que tu hermana tiene derecho a saberla. Aunque tú no quieras enfrentarse a ella, tu hermana tiene el derecho a saber lo que sucedió y, así, poder decidir.

Era evidente que Isobel no estaba dispuesta a pedir perdón y a dar su brazo a torcer. Aquello enfadó todavía más a Ethan.

–No nos conoces de nada –le advirtió Ethan–. No eres parte de nuestra familia y no tienes ni idea de cómo es nuestra vida. Estábamos mucho mejor sin mi madre, eso es seguro, pero, ahora que le has contado a mi hermana que está viva, quiere encontrarla y hablar con ella.

–Yo haría lo mismo. Por eso, precisamente, le conté que estaba viva. Tú has tenido toda la vida a tu padre como referencia, pero, ¿ella a quién ha tenido?

–A todos nosotros, a toda la familia. Siempre hemos estado cerca, apoyándonos los unos a los otros. ¿Para qué iba a necesitar a una borracha que nos abandonó? Bueno, que aceptó dinero a cambio de no volver a ver a sus hijos –le espetó Ethan con desprecio–. Lo que has hecho le va a crear a Tamsyn un problema mucho mayor que haber vivido sin su madre cerca. ¿Por qué no te has parado a pensar antes de decírselo? ¿Cómo no te has parado a pensar lo que podía hacer mi hermana con la información que le estabas dando?

–Entiendo que esté disgustada…

–Pues claro que está disgustada, pero, para colmo, se siente abandonada y quiere saber por qué. Mi hermana es una joven con mucha decisión y no piensa parar hasta que no haya descubierto toda la verdad. Maldita sea, eso era lo último que necesitaba en su vida en estos momentos.

Isobel se quedó mirándolo intensamente.

–¿Quién? ¿Ella o tú? Sé sincero contigo mismo, Ethan. Es a ti a quien todo esto le parece una complicación. ¿No te acuerdas de tu madre? ¿No recuerdas nada bueno de ella? Tamsyn era muy pequeña para acordarse y ahora tiene la oportunidad de descubrirla y, si tiene suerte, de entablar una relación con ella. Aun así, parece que tú sigues creyendo que tienes derecho a negarle esa felicidad.

–¿Qué felicidad? Nuestra madre nos abandonó. ¿Te crees que le va a hacer gracia que Tamsyn aparezca de repente en su vida? ¿Qué sucederá cuando Tamsyn la encuentre y mi madre la rechace, cuando en lugar de apenas recordar a una madre que murió tenga el claro recuerdo de una madre que le dice que se aleje?

Isobel dudó, pero siguió sin dar su brazo a torcer.

–No sabes lo que va suceder y, aunque así fuera, lo que tendrías que hacer es acompañar a tu hermana y estar a su lado. Cuéntale toda la verdad y ayúdala a encajarla. Y permite que ella te ayude a encajarla a ti. Ocultarle la verdad no es manera de protegerla. Tu hermana se siente como una extraña en su propia casa. ¿Lo sabías?

Ethan sintió que aquellas palabras tornaban su enfado en dolor.

–¿Te lo ha dicho ella? –le espetó.

–Sí. Por eso, precisamente, le conté lo de tu madre. Cuando todo esté claro, ya no tendrás que excluirla. Por fin podrá entender lo que sucede.

Ethan se quedó mirándola en silencio.

—Ojalá nunca te hubiera conocido.

Nada más decirlo, observó el impacto que sus palabras tenían en Isobel, que palideció.

—Era inevitable, Ethan... Tamsyn se iba a enterar, tarde o temprano, de que su madre estaba viva. Hubiera sucedido de cualquier manera.

—Quiero que te vayas —le ordenó Ethan.

—Ya te dije el otro día que ha sido tu hermana quien me ha contratado, no tú. No pienso irme hasta que no haya terminado el trabajo.

—Si tuvieras decencia, te irías.

—Precisamente porque soy una persona decente, me quedo. Además, Tamsyn necesita a alguien a su lado que esté dispuesto a ser sincero con ella. No pienso abandonarla.

Ethan se quedó mirándola a los ojos e Isobel le aguantó la mirada con el mentón elevado en actitud desafiante.

—No te vuelvas a cruzar en mi camino —le advirtió Ethan.

—Imposible, porque esta misma semana tenemos que hacer las fotografías de la cata. Espero que podamos comportarnos de manera civilizada.

—¿Civilizada? No creo que sea capaz de mostrarme civilizado contigo, así que irá otra persona en mi lugar.

—No, imposible. Ya sabes que los protagonistas del nuevo catálogo sois todos los miembros de la familia. Como director de la bodega y patriarca de la familia, tienes que estar presente —lo contradijo Isobel acercándose a él y plantándole la mano, para su sorpresa, en el pecho–. Eres un buen hombre, Ethan Masters. Sé que quieres mucho a tu hermana y sé que has hecho lo que has creído mejor para ella.

–Aun así, le has contado lo que no le tenías que contar. Ahora, las cosas entre nosotros nunca volverán a ser lo mismo.

–A veces los cambios vienen bien.

Isobel apartó la mano y, aunque Ethan hubiera preferido no tener que admitirlo, la echó de menos inmediatamente. No le gustaba que Isobel Fyfe tuviera tanto efecto sobre él, así que su respuesta fue distante y fría.

–Espero que así sea por tu bien. Dices que mi hermana es tu amiga y que lo único que quieres es ayudarla. Si esto salta por los aires y nuestra madre rechaza a Tamsyn, tendrás el honor de saber que la has ayudado a que le rompan el corazón, que era precisamente lo que yo estaba intentando evitarle.

Dicho aquello, se giró y salió de la cabaña.

–Bueno, ha ido bien –dijo Isobel en voz alta en cuanto se quedó a solas.

Luego, se acercó al sofá y se sentó. Contaba con que Ethan estuviera enfadado y creía que, cuando fuera a verla, explotaría, pero no había sido así, se había controlado en todo momento. Aquello hizo que se preguntara si había aceptado que su madre estaba viva.

Siendo tan responsable y exigente como era, seguro que estaba librando una dura batalla interna. A Isobel le dio pena, pues sabía cómo era aquella batalla. De hecho, debería ser capaz de ayudarlo, pero la relación que había entre ellos se reducía a peleas y sexo, peleas y sexo. Sí, lo cierto era que tenían una relación de tira y afloja que le costaba comprender.

Isobel se quedó mirando por la ventana que daba a los viñedos. La familia Masters era una familia estable, tradicional y grande, con sólidos cimientos. Comprendía que ella acababa de minar aquella estabilidad al contarle a Tamsyn lo que le había contado.

Seguía creyendo que había hecho bien en contárselo, pero se preguntaba qué precio pagaría cada uno de los involucrados en el asunto. Ethan tenía razón en que Tamsyn se encontraría desvalida cuando fuera a ver a su madre. Si el encuentro fuera mal y seguía enfadada con su hermano, ¿a quién acudiría en busca de consuelo? Aquella posibilidad hizo que Isobel se sintiera mal.

No se arrepentía de lo que había hecho, pero sentía pena en lo más profundo de sí misma por el dolor que les había causado a Ethan y a Tamsyn.

Afortunadamente, estuvo muy ocupada durante los siguientes días. Tamsyn no parecía demasiado afectada por la revelación acerca de su madre, aunque Isobel la notaba ausente a veces. Trent no iba mucho por allí.

Llegó la mañana de la sesión fotográfica en la bodega e Isobel se despertó nerviosa. Mientras se lavaba los dientes, se miró en el espejo y frunció el ceño, recordándose que era toda una profesional y que tenía que comportarse como tal independientemente de que Ethan se mostrara grosero.

Maldición, con solo pensar en él lo deseaba con todo su cuerpo. Le gustaba mucho. No se habían visto apenas desde la última discusión que había tenido lugar en su cabaña, pero suponía que, aunque no hubieran discutido, tampoco se habrían visto demasiado, ya que Ethan tenía muchas cosas que hacer en la bodega y sus jornadas de trabajo eran larguísimas.

Se habían visto de lejos e Isobel sospechaba que Ethan había hecho todo lo posible por mantener las distancias, pero aquel día iban a estar ellos dos solos, ya que la idea del nuevo catálogo era que cada miembro de la familia posara a solas rodeado de los elementos propios de su tarea en la empresa familiar.

Había una fotografía de Edward y de Raif en los viñedos, otra de Tamsyn en su despacho, otra de Cade y de Cathleen con el chef en el restaurante, y ahora le tocaba a Ethan.

Isobel repasó su equipo fotográfico, se aseguró de que la batería de la cámara estaba bien y de que las tarjetas de memoria estaban en la mochila.

Por las fotos robadas que le había hecho hasta el momento, Isobel había descubierto que Ethan era increíblemente fotogénico. La cámara parecía enamorada de él.

Sintió una sensación que ya conocía en el bajo

vientre y se recordó que Ethan no era más que un cliente al que tenía que fotografiar, un cliente cuya profesionalidad tenía que capturar mientras trabajaba.

Nada más.

Cuando llegó a la bodega, vio que Ethan la estaba esperando. Isobel se apresuró a consultar su reloj y comprobó que no llegaba tarde. Aun así, Ethan la estaba mirando como si la llevara esperando varias horas.

Isobel se fijó en el escenario que había dispuesto. Sillas de madera alrededor de una mesa redonda vestida con un impecable mantel de hilo blanco. Detrás, había una pared de piedra y varias barricas.

Isobel había alquilado focos especiales para aquella sesión fotográfica, pues en la bodega no había mucha luz, y los vio en un rincón.

–Buenos días –la saludó Ethan.

Isobel sintió un indescriptible escalofrío por toda la columna vertebral. Así que Ethan había elegido mostrarse civilizado. Bien, más fácil.

–Buenos días –le contestó–. Gracias por tenerlo todo preparado.

Ethan asintió.

–¿Quieres que te ayude con los focos?

Isobel consideró la posibilidad y se fijó en que no había mucha luz, pero se dijo que aquel ambiente retrataba muy bien la solemnidad del proceso y decidió comenzar la sesión sin los focos.

–De momento, no los voy a utilizar –anunció–. Me gustaría que te sentaras ahí, en la mesa. Así te puedo hacer unas cuantas fotos y veo qué tal salen de luz.

Ethan se sentó sin hacer ningún comentario e Isobel se acercó con la cámara preparada. En cuanto lo tuvo en el visor, sintió que el estómago le daba un vuelco, pues aquel hombre era increíblemente guapo y masculino.

El deseo se fue apoderando de ella e Isobel tuvo que hacer un gran esfuerzo para ignorarlo a medida que iba haciendo las fotografías. Al cabo de un rato, dio un paso atrás y las fue pasando para ver qué tal habían quedado.

–No te muevas –le indicó–. Al final, vamos a necesitar los focos –añadió.

Después de haberlos colocado, siguió haciendo fotografías. Al cabo de un rato, quedó satisfecha con los juegos entre las luces y las sombras y supo que había conseguido lo que buscaba.

–Bien, vamos allá –anuncio llevándose la cámara de nuevo al ojo–. De acuerdo, empieza a hablar y a contarme el proceso. Utiliza dos copas, como si estuvieses acompañado –le indicó.

Ethan pareció dudar, como si fuera a decir algo, pero finalmente accedió, tomó la botella de vino y comenzó a hablar.

Isobel empezó a disparar.

–Una cata de vino es una aventura para los sentidos –comenzó Ethan con voz grave–. No se trata solamente del gusto, aunque por supuesto este sentido es el más importante. Una cata de vinos también se disfruta visual y olfativamente, y es algo que nunca se olvida, porque las emociones también juegan un papel muy importante.

El dedo índice de Isobel parecía trabajar por su cuenta, disparando sin parar mientras Ethan descorchaba la botella de vino y lo servía en las dos copas que había en la mesa. Su voz la iba acompañando, acariciando sus sentidos, haciéndole cada vez más difícil concentrarse en su trabajo, arrastrándola con la pasión que Ethan sentía por el suyo.

Ethan elevó una de las copas, la ladeó y comenzó a hablar del color y del tono del vino. Isobel estaba tan atrapada por sus palabras que olvidó que se suponía que tan solo era una observadora silenciosa y comenzó a hacer comentarios.

—La verdad es que yo en lo único que me fijo cuando pruebo un vino es si me gusta como sabe o no —dijo—. Nunca me he parado a considerar el color ni la densidad.

Ethan se giró hacia ella y sonrió, evidenciando que, en aquel momento, había olvidado la animosidad que sentía hacia ella.

—Pues te estás perdiendo cosas muy interesantes. Deja la cámara un momento y ven aquí. Prueba este vino.

—Creía que solo teníamos una hora…

Ethan se encogió de hombros.

—Esto es importante. Cuanto mejor entiendas el proceso, mejores serán las fotografías, ¿no dijiste eso?

Isobel no contestó, se limitó a dejar la cámara en la mesa y a sentarse frente a Ethan. Se sentía absurdamente contenta.

–Vamos a ver si podemos hacerte comprender mejor el proceso de la cata de un vino. A ver si lo puedes disfrutar.

–Por cómo lo dices, parece un ritual –comentó Isobel tomando la copa e imitando el gesto que le había visto hacer a él, levantándola y estudiando el color y la claridad con la misma concentración que solía poner en sus pruebas fotográficas.

–En cierta manera, lo es. Además, si eres capaz de convertir cualquier cosa que haces en la vida en una ceremonia, honrar cada momento con toda tu atención, incluida la tarea de traer esta botella desde la bodega, todo irá mucho mejor.

El entusiasmo de Ethan era contagioso y lo hacía todavía más atractivo a ojos de Isobel. Mientras dejaba que la condujera por un recorrido sensorial a través de todos los matices del vino, sintió que cada vez le gustaba más aquel hombre. Ethan el viticultor le gustaba mucho más que Ethan el hermano autoritario y patriarca de la familia. Era cierto que seguía mostrando su control, pero a Isobel se le hacía más fácil y natural permitir que la dirigiera porque lo estaba haciendo en el campo en el que era todo un experto y, además, estaba utilizando sus conocimientos para aumentar el placer de Isobel en aquella experiencia.

Isobel probó el vino y, mientras lo dejaba reposar en su boca, se preguntó cómo sería estar con Ethan todo un año, observarlo a lo largo de todo aquel mágico proceso de convertir la uva recién recogida en un caldo lleno de aromas y sabores.

¿Verlo durante todo un año? ¿En qué demonios estaba pensando? Ella era una nómada y le gustaba vivir así. Estar junto a un hombre como Ethan Masters todo un año significaría quedarse en su mundo porque era evidente que Ethan no era de los que dejaban su mundo para irse a vivir al de otra persona. Un hombre como él tenía raíces muy profundas y seguro que no estaría dispuesto a aceptar la vida de ella.

Seguro que Ethan Masters quería un compromiso permanente, para toda la vida.

Y ella no quería eso, Isobel no quería nada permanente. Nunca lo había querido.

En aquel momento, se dio cuenta de algo muy importante.

Nunca lo había querido, pero ahora, quizás, de repente, lo quería.

Capítulo Siete

Isobel necesitaba distanciarse de sus pensamientos, así que dejó la copa sobre la mesa y volvió a tomar la cámara. Al hacerlo, una gota de vino resbaló desde el borde de la copa, se deslizó por el cristal, bajó por el tallo, se abrió paso por el pie y fue a parar al impecable mantel blanco.

Aquello demostraba que Isobel había estado allí.

A Ethan le gustaba todo perfectamente organizado y ella era un caos.

Isobel lo vio claro y le dolió porque comprendió que, aunque estaba convencida de haber actuado bien contándole a Tamsyn lo que le había contado, había ocasionado una verdadera revolución. Lo comprendía ahora, cuando estaba considerando la posibilidad de formar parte de aquella familia, el daño que tal vez había acarreado a todos sus miembros al abrir la puerta entre Tamsyn y el secreto que conocían todos los demás.

Los miembros de aquella familia estaban unidos los unos a los otros al igual que los viñedos que tanto cuidaban. Cuidaban los unos de los otros y se apoyaban y ella había minado aquellas relaciones.

Prueba más que suficiente de que estaba mejor sola.

Siempre que pasaba tiempo con una familia, se daba cuenta de que no tenía ni idea de cómo vivir de esa manera. La única manera de vivir que conocía era sola.

–Lo siento, Ethan –declaró.

–¿Por haber manchado el mantel? No te preocupes, suelen quedar siempre manchados.

–No, no es por eso –declaró Isobel negando con la cabeza–. Lo siento por haberle contado a tu hermana lo de tu madre. Me doy cuenta de que tú tenías tus razones para seguir manteniéndolo en secreto y que, aunque a mí no me pareciera bien, no tendría que haber interferido.

Ethan suspiró y se puso en pie.

–Es cierto, no tendrías que haber interferido. Y no acepto tus disculpas.

Comprendía perfectamente que Ethan no quisiera aceptar sus disculpas.

–De acuerdo, lo entiendo –contestó–. Bueno, creo que ya tengo todas las fotos que necesitaba. Las voy a ir a ver en el ordenador y te mando una selección.

–Espera un momento –le ordenó Ethan.

–¿Quieres que haga más fotografías?

–No –contestó, haciendo un movimiento con la mano como si aquello no tuviera importancia.

Isobel recordó que aquella misma mano había hecho cosas exquisitas en su cuerpo, recordó que aquella misma mano la había dejado jadeando y pidiendo más.

Isobel se estremeció de pies a cabeza y se quedó

inmóvil, esperando a que Ethan dijera lo que quisiera decirle. Luego, podría irse y recomponer sus nervios a solas.

–Soy yo el que te pide disculpas –anunció Ethan, dejándola con la boca abierta.

Isobel no sabía qué decir ni cómo comportarse.

–No, tú no me debes ninguna disculpa. Soy yo la que se ha equivocado, la que se ha comportado sin pensar en las consecuencias.

Ethan sonrió de medio lado.

–No voy a decir que estoy encantado con cómo te has comportado, pero, aun así, tienes razón. Mi hermana merece conocer la historia completa sobre nuestros padres y debería habérsela contado en el mismo instante en el que me enteré. En realidad, debería haberle comentado que las cuentas de mi padre no cuadraban y, de no haberlo hecho, desde luego, tendría que haberle hablado de la existencia de nuestra madre cuando me enteré.

–Yo… yo no sé qué decir.

Aquello nunca le había pasado. Normalmente, siempre sabía lo que decir, nunca se quedaba en blanco. Pero aquello no se lo esperaba. No se esperaba que aquel hombre le pidiera perdón. Imaginaba que le debía de haber costado mucho hacerlo.

–Entonces, no digas nada. Escúchame. Mi hermana y yo estuvimos hablando largo y tendido anoche. Sigue estando enfadada conmigo y lo comprendo, porque entiendo que he sido demasiado protector. Ahora sé que es una adulta que tiene todo el derecho del mundo, como tú dijiste, a saber lo que yo sabía. Hemos hablado de todo, de los recuerdos que cada uno de nosotros tiene de nuestra madre, de lo poco que nos contó nuestro padre, de la información que nos llegó del abogado... de todo.

–Me alegro –contestó Isobel recogiendo el equipo fotográfico para ocultar su nerviosismo.

Para su sorpresa, sintió las manos de Ethan por encima de las suyas, indicándole que parara. ¿Cómo era posible que se hubiera movido tan rápido?

–Isobel, siento mucho haberte hablado como lo hice –le dijo girándola hacia él–. El día que te conocí, estaba enfadado y sigo estándolo porque no sé cómo digerir la muerte de mi padre, todas las responsabilidades que tengo aquí, lo que descubrí y le escondí a mi hermana. Comprendo que te había asociado a todas esas emociones y que eso no es justo –sonrió haciendo que a Isobel el corazón le diera un vuelco–. Admito que quise pasar contigo aquella noche para olvidarme de todo aquello. Por la mañana, cuando vi que te habías ido, me sentí como si todo volviera a estar bajo control de nuevo. Cuando te vi aquí, fue como volver a sentirme vulnerable, y sentirme así no es algo que me siente muy bien.

–Te aseguro que no eras el único que necesitaba olvidarse de cosas desagradables en aquellos momentos –comentó Isobel.

–¿Ah, no? ¿Tú de qué querías escapar? –le preguntó Ethan apartándole un mechón de pelo de la cara.

Isobel sintió un fuego abrasador en la mejilla,

allí donde la había tocado, y se planteó hablarle de las atrocidades que había presenciado en África, que todavía la perseguían y la impulsaban a querer volver, a dar a conocer lo que allí estaba sucediendo.

El mundo de los Masters era tan diferente a la existencia que ella había acabado por aceptar como normal que, en contraste, era casi un sueño hecho realidad, pero, ¿el sueño de quién?

Isobel llevaba diez años viajando de un lado para otro y no había echado raíces en ningún sitio, no tenía un hogar y no lo quería, por muy tentadora que fuera la posibilidad.

–¿Isobel? –la llamó Ethan–. ¿Me perdonas? –añadió mirándola a los ojos.

–Claro que sí –contestó ella intentando volver al presente–, pero tú también me tienes que perdonar a mí.

–Eso está hecho.

Entonces, Isobel dio un paso atrás.

–Bueno, ahora que ya lo hemos hablado y lo hemos arreglado, será mejor que vuelva a trabajar.

Se sentía confusa porque el comportamiento de Ethan la había sorprendido sobremanera, mucho más de lo que estaba dispuesta a admitir, pues le había mostrado un aspecto de él que no había visto hasta entonces.

–No te quiero entretener –contestó Ethan volviendo a la mesa–. Toma, llévate lo que queda del vino a la cabaña y, cuando te lo bebas, piensa en lo que hemos vivido –añadió, entregándole la botella.

Isobel sabía a ciencia cierta que, si aceptaba aquella botella, cada vez que bebiera su contenido, estaría sin duda pensando en él. Aun así, la aceptó, recogió su cámara y salió de la bodega. Una vez fuera, le dio la bienvenida el sol otoñal, claro y brillante, todo un contraste con el ambiente controlado del que acababa de salir y que constituía una perfecta analogía para Ethan y ella.

El mundo de Ethan estaba controlado por la temporada, la longevidad, la seguridad y la rutina, mientras que el de Isobel estaba lleno de luz, aire y temporalidad. Era imposible mezclarlos, era imposible estar juntos. Era cierto que tenían una sincronicidad física increíble, pero en todo lo demás eran completamente opuestos.

Si de verdad era así, ¿por qué le dolía tanto tener que irse?

Ethan volvió de cenar con Shanal sintiéndose muy confuso. A pesar de sus avances, su amiga no había mostrado absolutamente ningún interés en llevar la relación más allá. Era evidente que quería que siguieran siendo únicamente amigos.

Ethan había intentado que Shanal le hablara de sus sueños de futuro, pero ella no había mencionado el matrimonio en ningún momento. Además, no había habido ningún tipo de contacto físico entre ellos. La falta de química era evidente.

Habían hablado largo y tendido del trabajo, pero Ethan era consciente de que, si quería que una posible unión con ella funcionara, tenía que haber algo más. Necesitaban ser compatibles en otros aspectos además de en el intelectual.

Siempre que pensaba en ser compatible con una mujer, no era el rostro de Shanal el que aparecía.

Se sentía bien por haberle pedido perdón a Isobel y esperaba que el alto el fuego entre ellos suavizara la pasión que había sentido por ella nada más verla, pues se había jurado a sí mismo no volver a tocarla nunca más, pues se había dado cuenta de que era realmente adictivo estar cerca de ella.

Afortunadamente, mantener las distancias con Isobel fue realmente fácil, ya que estaba muy ocupada. Tras la sesión fotográfica de la bodega, se cruzaron un par de veces y se saludaron, por supuesto, pero su comunicación se redujo a algunos correos electrónicos para que Ethan aprobara las fotografías que Isobel había seleccionado.

Ethan era consciente de que Isobel no tardaría en irse. Era un gran alivio saber que pronto no tendría que andar por ahí, en su propia casa, temiendo percibir su olor en cualquier rincón.

Ethan metió el coche en el garaje y subió a su dormitorio. Una vez allí, corrió las cortinas y, tal y como hacia todas las noches, se paró en la ventana y miró hacia la cabaña que ocupaba Isobel. Solía dejar las luces encendidas hasta muy tarde por las noches. Ethan suponía que era porque era ave nocturna o porque, al igual que a él, le estaba costando conciliar el sueño últimamente.

Ethan cerró las cortinas y se puso el pijama obligándose a pensar en Shanal. ¿Qué ocurría entre ellos que no había chispa? Se metió en la cama y apagó la luz. ¡Y él que había creído que iba a ser tan fácil! Tenía que conseguir que lo suyo funcionara. Tenía que considerar el futuro de toda su familia, que asegurar su estabilidad, y le parecía que una mujer como Shanal era perfecta para sus planes.

Tal vez, si se lo repetía las veces suficientes, al final terminaría por creerlo.

Pero las horas fueron pasando y seguía sin poder conciliar el sueño. Sus pensamientos habían dejado de versar en torno a Shanal y se habían ido en línea recta a unos doscientos metros de donde estaba, al lugar equivocado para él y para sus planes de futuro.

Ethan dio un par de vueltas en la cama, se tumbó boca arriba e intentó relajarse, no pensar en nada y respirar profundamente.

Entonces, Isobel volvió a su mente y, en un abrir y cerrar de ojos, se encontró completamente tenso de nuevo. Tenso y excitado. Y pensando en una mujer que no era la que él creía que le convenía. ¿Pero qué tipo de hombre era? Desde luego, no estaba orgulloso de sí mismo. Llevaba toda la vida intentando alcanzar la excelencia, trabajando sin descanso para ganarse el respeto de su familia y de su padre y lo había conseguido.

Sí, lo había hecho por todos ellos, pero también por sí mismo. Lo cierto era que le encantaban los retos y no comprendía por qué las cosas no le iban bien con Shanal y por qué no podía dejar de pensar en Isobel. Ella era un espíritu libre y él estaba atado por muchas cosas. Él estaba lleno de responsabilidades y compromisos mientras que ella huía de todo aquello.

Y, a pesar de todo aquello, Isobel constituía todo un reto para él a nivel mental y físico. No quería desearla, pero no podía evitarlo.

Ethan se levantó de la cama y se dirigió al baño a beber agua.

Isobel no iba a tardar en irse. Probablemente, saldría incluso del país. Ethan se miró al espejo y se dijo que eso era lo mejor, pero la idea de no volver a verla hizo que recordara las dos noches que habían compartido y se diera cuenta de que quería más.

Quería volver a sentir la locura, quería volver a arriesgarse con ella, quería volver a ser feliz, olvidarse de todas sus responsabilidades y presiones que lo tenían confinado y permitirse vivir el momento en todo su esplendor.

Quería a Isobel Fyfe.

–Tienes que ir a la entrega de premios. No puedes mandar a nadie en tu lugar –le recordó Tamsyn.

A Ethan no le hacía ninguna gracia tener que abandonar la finca en aquel preciso momento. Estaban a punto de comenzar la segunda fermentación en barricas de roble y, aunque era cierto que otro miembro del equipo podía dirigirlo, le gustaba hacerlo a él.

–Ethan, ¿me estás escuchando? –lo recriminó su hermana.

–Claro que sí. ¿Vendrás tú conmigo?

–Me encantaría y lo sabes, pero ese fin de semana tengo la celebración de unas bodas de oro. ¿Por qué no invitas a otra persona?

–Bueno, voy a ver si Shanal está libre –comentó Ethan en voz alta.

–¿Shanal? Yo estaba pensando, más bien, en Isobel.

–¿Isobel? –se sorprendió Ethan.

–¿Por qué no? Podría hacer algunas fotografías. Las podríamos utilizar en el nuevo catálogo o para unos folletos. Se lo puedo preguntar, si quieres.

Ethan sabía que, si acudía a aquella cita con Isobel, estaría pensando en todo menos en la entrega de premios.

–Primero, déjame hablar con Shanal –insistió.

–¿Lo dices en serio? Ethan, Shanal es una mujer maravillosa, pero no entiendo qué es lo que estás haciendo.

–¿A qué te refieres?

–Sabes perfectamente que estás ignorando a Isobel y que te estás empeñando en ir detrás de Shanal, cuando no te gusta.

–Tamsyn… –protestó Ethan.

–Mira, hemos aprendido sufriendo mucho que hay ciertas cosas en la vida que son muy importantes. Sé que Shanal te cae muy bien y me parece una mujer maravillosa, pero es tu amiga, no tu pareja. No puedes inventarte algo que no está ahí. Sin embargo, con Isobel tienes algo especial. ¿Por qué no te atreves a vivirlo?

–Te equivocas por completo. Isobel y yo… no estamos hechos el uno para el otro. Jamás saldría bien a largo plazo.

–¡A la porra con el largo plazo! –estalló Tamsyn–. ¿Y lo que te hace sentir? Piénsalo, Ethan. La vida no se mueve según tus necesidades, tiene sus propios ritmos y, a veces, tienes que dejarte fluir con los cambios y permitirte alguna locura. Por ejemplo, hacer lo que en este momento sientes que te apetece hacer en lugar de empeñarte en cumplir con un plan preestablecido.

Ethan se dio cuenta de que su hermana tenía lágrimas en los ojos.

–¿Qué te pasa? Esto no es solo por la ceremonia de entrega de premios ni por con quién iré, ¿verdad?

–Claro que no –contestó Tamsyn–. No sé tú, pero yo ya no puedo seguir adelante con mi vida como antes porque han cambiado muchas cosas. Tenemos que aprender a cambiar con ellas. Desde que papá murió, he estado pensando mucho sobre mi vida y mi futuro. No sé si quiero las mismas cosas que quería antes. Y creo que a ti te pasa lo mismo. Ahora hay preguntas para las que no tengo respuesta. ¿A ti no te pasa? ¿No quieres saber más cosas sobre mamá, de por qué se fue, por qué nunca ha intentado ponerse en contacto con nosotros, por qué papá no volvió a hablar de ella nunca? Ahora que sé que está viva, las cosas han cambiado. No puedo fingir que siguen siendo igual. No puedo seguir adelante con mi vida hasta que no tenga respuestas a mis preguntas porque son importantes para mí. También deberías considerar lo que es importante para ti –le dijo girándose y saliendo de su despacho antes de que a Ethan le diera tiempo de contestar.

Se quedó disgustado de ver así a su hermana, pues Tamsyn solía ser una mujer muy centrada y equilibrada que siempre hacía lo que se esperaba de ella con una gran sonrisa. Ethan se preguntó si alguna vez lo habría hecho por obligación y a qué precio para sí misma.

Le hubiera encantado que siguiera siendo su hermana pequeña para poder protegerla de todo sufrimiento, pero había decidido no volver a hacerlo, confiar en ella y dejar que siguiera su proceso. Ahora, lo único que podía hacer era acompañarla para que supiera que estaría a su lado, apoyándola en lo que lo necesitara.

Ethan se quedó pensando en lo que Tamsyn había comentado. ¿Qué era importante para él? Desde luego, los Masters y todo lo que tenía que ver con la finca, pero también… cierta mujer de piel bronceada, ojos azules y pelo del color del sol.

Ethan se puso en pie y salió de su despacho sin pensar lo que hacía. Su hermana tenía razón. No le quedaba mucho tiempo para que Isobel se fuera y debía aprovecharlo.

***

–¿Estás seguro? –le pregunto Isobel mientras cerraba la mochila.

–No –contestó Ethan.

Isobel lo miró.

–Creía que no íbamos…

–Y no lo íbamos a hacer.

–Pero ahora sí…

–Ahora sí.

–De acuerdo –suspiró Isobel llevando la mochila hacia el coche de Ethan–. ¿Nos vamos a volver a quedar en tu casa?

–Sí –contestó Ethan–. A menos que prefieras un hotel.

–No, prefiero tu casa. Me gusta mucho –contestó sonriendo con una mezcla de timidez y seguridad.

Ethan estaba diferente aquel día. De hecho, llevaba diferente unos cuantos días, antes de que le hubiera pedido que lo acompañara a la entrega de premios de aquella noche. Isobel ya tenía terminado todo el trabajo que tenía que hacer por allí excepto la sesión fotográfica del último postre de Cade, así que, en teoría, en breve podría ser un espíritu libre para viajar a donde quisiera.

Para ser completamente sincera consigo misma, tenía que admitir que el hombre que caminaba en aquel momento a su lado la había retenido allí más de la cuenta, y la idea de pasar otra noche con él la ponía tan nerviosa que sabía que debía controlarse, pero no podía.

El trayecto hasta Adelaida fue tranquilo y rápido. Ethan habló poco mientras conducía, pero parecía relajado y feliz. Al llegar, metió el coche en el aparcamiento subterráneo, lo aparcó y se giró hacia Isobel.

–Tenemos tiempo. Vamos.

–¿Tiempo para qué? ¿Ir adónde? –contestó ella sonriendo.

–Ya lo verás –contestó Ethan sonriendo también y tomándola de la mano–. Venga, vamos. No hay tiempo que perder.

Aquel no era el Ethan que había visto en otras ocasiones. Ahora, se estaba mostrando más suelto e Isobel estaba encantada. Ethan salió del coche y sacó sus cosas del maletero antes de que a Isobel le hubiera dado tiempo de quitarse el cinturón de seguridad.

–Venga, vaga –bromeó–. Vamos.

Isobel lo siguió al ascensor. Afortunadamente, el trayecto hasta su casa fue muy rápido, lo que Isobel agradeció sobremanera porque se sentía demasiado cerca de él. De hecho, para cuando las puertas se abrieron, sentía que iba a explotar.

Ethan salió del ascensor y dejó el equipaje en el suelo. Luego, en un rápido movimiento, se giró hacia Isobel y la tomó entre sus brazos, apretándose contra ella para que sintiera su erección y besándola con tal pasión que Isobel le pasó los brazos por el cuello y se acercó a él. No le parecía suficiente, quería estar todavía más cerca de Ethan, así que le mordisqueó el labio inferior y lo besó hasta que sintió que se estremecía.

Ethan se colocó entre sus piernas e Isobel elevó la pelvis. Al instante, sintió una descarga de energía por todo el cuerpo que la hizo gemir. Ethan se bebió aquel gemido con otro beso, un beso más fuerte, más profundo, más intenso.

Mientras la besaba, la agarró de las nalgas. Isobel le pasó las piernas por la cintura y sintió que la levantaba del suelo y que la llevaba a algún lugar sin dejar de besarla. Sintió que la tumbaba sobre la cama y se apresuró a desabrocharle el botón y la cremallera de los pantalones para liberar su erección.

Ethan la desnudó también. Con un único y rápido movimiento, la despojó de vaqueros y braguitas y en un abrir y cerrar de ojos Isobel tenía su miembro en la mano y lo acariciaba con urgencia por encima de los calzoncillos. Cuando le apretó los testículos, Ethan se apresuró a ponerse un preservativo y, en unos segundos, ya estaba dentro de su cuerpo.

El encuentro fue potente e intenso, el ritmo tan frenético que Isobel creyó que el corazón se le iba a salir del pecho. En la última embestida, Ethan la hizo alcanzar un reino de sensaciones tan ricas y divinas que Isobel sintió que se le saltaban las lágrimas.

Ethan se dejó caer sobre ella e Isobel se quedó muy quieta, disfrutando del peso de su amante, todavía embriagada por lo que había sentido. Luego, le pasó los brazos por la cintura. No quería que aquel momento terminara jamás. Ethan le depositó un leve mordisco en el cuello e Isobel se estremeció y contrajo los músculos vaginales internos, lo que hizo gemir de placer a Ethan.

–¿Y si nos quedamos aquí esta noche y nos olvidamos de la entrega de premios? –le propuso.

Isobel se rio. La tentación era muy fuerte, pero el premio para el que la bodega estaba nominada también era muy importante y quería que Ethan lo ganara, quería verlo y quería compartir el éxito con él.

–Después de la cena y de la entrega de premios, todavía nos quedará mucha noche por delante.

–No será suficiente –insistió Ethan besándola por el escote–. Contigo, nunca es suficiente.

–¿Qué te parece si te prometo que si ganas…? –le propuso Isobel terminando la frase en su oído.

–¿Solo si gano?

–Bueno, a lo mejor también aunque no ganes, pero para eso hay que ir a la entrega. Además, tu hermana ha insistido mucho en que quiere fotos del evento.

–Está bien, tú ganas. A la ducha –cedió Ethan levantándose, tomándola de las manos y tirando de ella para que se pusiera de pie.

Isobel se rio al ver que Ethan se quitaba los zapatos y los vaqueros que, con las prisas, habían quedado en sus tobillos.

Se sentía muy relajada, increíblemente feliz.

Completamente enamorada.

Capítulo Ocho

No, era imposible que estuviera enamorada.

Jamás se había enamorado.

Darse cuenta de lo que sentía por Ethan era emocionante y aterrador a la vez. No, en realidad, era sencillamente aterrador. Ella no amaba a nadie porque el amor significaba atadura, el amor significaba tener que estar para siempre con alguien y ella no era de las que creía que pudiera comprometerse para siempre con nadie ni con nada.

Sin embargo, lo que estaba sintiendo en aquellos momentos no lo había sentido nunca, era diferente. En aquella nebulosa, permitió que Ethan la llevara hacia el baño, la metiera en la ducha y comenzara a enjabonarle el cuerpo.

Agradeció sentir sus manos por todo el cuerpo. Cuando Ethan se arrodilló ante ella, le puso la boca en el clítoris y comenzó a hacer maravillas, Isobel reaccionó temblando y disfrutando y, desde luego, dejando de pensar.

El resto de la velada transcurrió en una nebulosa. Isobel era consciente de que estaba haciendo lo correcto, lo que se esperaba de ella, tomar fotografías, hablar con la gente. Pero por dentro estaba conmocionada. ¿Cómo había permitido que aquello sucediera? ¿Cómo no se había dado cuenta de que Ethan se le estaba colando en el corazón?

Tras la muerte de su madre y mientras corría con su padre de un lado para otro, Isobel se había prometido que jamás volvería a querer a nadie porque no quería que nadie pudiera tener sobre ella el poder de hacerla sufrir de aquella manera. No quería que su felicidad volviera a depender de otra persona.

Por eso, para protegerse, había elegido el estilo de vida que llevaba.

Isobel se quedó mirando a Ethan, que estaba sentado frente a ella en una mesa en la ceremonia de entrega de premios. Él debió de percibir su mirada porque levantó los ojos y sonrió. Isobel sintió que se quedaba sin aire y que se le endurecían los pezones.

Aun así, consiguió sonreír también. De momento, era lo único que podía hacer, porque estaban rodeados de gente, pero cuando estuvieran de nuevo a solas...

De nuevo, le pareció que entre ellos había una comunicación silenciosa, pues Ethan la miró a los ojos como si hubiera entendido su mensaje y estuviera de acuerdo. Sin necesidad de decir nada, se excusó ante los demás comensales, se puso en pie, rodeó la mesa y le puso las manos a Isobel en los hombros.

–¿Has tenido suficiente? –le dijo al oído.

–No, claro que no –dijo Isobel estremeciéndose mientras se colgaba el bolso y se ponía en pie.

–Entonces, no perdamos más tiempo –decretó Ethan agarrándola de la mano.

–¿Te lo has pasado bien? –le preguntó Isobel mientras esperaban a que les trajeran el coche.

–Lo que más me ha gustado ha sido imaginar lo que viene ahora –contestó Ethan.

Isobel se rio, pues aquel comentario no parecía propio del hombre taciturno que conocía. Le gustaba aquel Ethan. En realidad, le gustaba todo de aquel hombre y se moría de ganas por demostrarle cuánto.

–¿Y tú? ¿Te lo has pasado bien?

Isobel ladeó la cabeza.

–Me ha encantado ver que te daban el premio que tanto merecías. Es evidente que eres un profesional muy considerado. Estoy segura de que, si quisieras trabajar en cualquier otra bodega de cualquier rincón del mundo, no tendrías problema.

–Jamás se me ocurriría irme de aquí.

Isobel se dio cuenta entonces de que le había hecho una propuesta sin querer, de que le había preguntado veladamente si estaría dispuesto a irse con ella a otro sitio, a comenzar de nuevo sin responsabilidades ni obligaciones familiares y Ethan le había contestado claramente que no.

Era de esperar, pero Isobel sintió un gran dolor.

Cuando llegaron a casa de Ethan, Isobel se dio cuenta de que quería prolongar aquellos momentos para poder saborearlos cuando ya no lo tuviera a su lado.

Ethan le preguntó si quería beber algo antes de

acostarse e Isobel accedió, así que se sentaron en el salón con una copa de vino.

Isobel se quitó los zapatos y Ethan comenzó a masajearle un pie. Isobel se dio cuenta de que aquel hombre tenía la capacidad de convertir cualquier zona de su cuerpo en una zona erógena y deseó tener la misma capacidad con él.

Así que, cuando un rato después se fueron a la cama, se esmeró para que Ethan jamás la olvidara porque sabía que ella nunca lo olvidaría a él.

Ethan estaba completamente dormido cuando comenzó a sonarle el teléfono móvil, pero no tuvo más remedio que atenderlo. Lo hizo saliendo de la habitación, con cuidado para no despertar a Isobel.

–Ethan, soy Rob.

Rob era uno de sus ayudantes en la bodega.

–¿Qué ocurre? –le preguntó Ethan sabiendo que su ayudante solo lo molestaría si fuera algo grave.

–Tenemos problemas.

Ethan escuchó atentamente. Por lo visto, alguien se había equivocado y había puesto el *chardonnay* reserva en una barrica que no correspondía. El resultado había sido que se había mezclado con otro vino de calidad inferior.

Aquel error garrafal no habría sucedido de haber estado él en la bodega. Tendría que haberse quedado en casa, concentrado en el trabajo. No tendría que haber ido a la entrega de premios porque no necesitaba que nadie le reconociera que el trabajo que hacía era bueno. Eso ya lo sabía él. Su trabajo era bueno porque lo controlaba personalmente.

Y, para una vez que no había controlado él personalmente todo el proceso, las cosas no habían salido bien.

–¿Ethan? ¿Ocurre algo? –le preguntó Isobel a sus espaldas.

Ethan sintió que todos los músculos de su cuerpo se debilitaban al oír su voz y comprendió que Isobel era su debilidad.

Se giró hacia ella. Aquello tenía que terminar inmediatamente. Tamsyn se equivocaba, no merecía la pena vivir el momento, por muy bueno que fuera, si ello significaba arriesgar todo lo demás.

–Sí, ocurre algo, ha habido un error en la bodega que no habría sucedido si yo hubiera estado allí.

–Dios mío –se lamentó Isobel–. ¿Se puede arreglar?

Ethan se encogió de hombros.

–Ya veremos. Aunque lo podamos arreglar, el vino resultante no será de la calidad a la que tenemos acostumbrado al público, así que la pérdida es inimaginable –declaró dejándose llevar por la frustración y por la rabia.

–¿Qué ha pasado? –quiso saber Isobel.

–Hemos mezclado dos vinos diferentes. Ha sido culpa mía –declaró Ethan.

–Pero si tú ni siquiera estabas allí –contestó Isobel–. No ha sido culpa tuya –le dijo poniéndole la mano en el hombro.

–Precisamente por eso. Tendría que haber estado allí.

–Tienes derecho a delegar de vez en cuando, ¿no?

–¿Para qué sucedan cosas así? –se quejó Ethan–. La responsabilidad final siempre es mía. Yo soy el patriarca.

–Ethan…

–No, Isobel. Nada de lo que digas va a cambiar algo. Cuando mi padre murió, yo me hice cargo de sus obligaciones. De todas.

–Pero anoche tenías que venir. Por ti, por tu familia y por la bodega.

–¿Crees que accedí a venir a recoger el premio por mí, por mi familia y por la bodega? Estás completamente equivocada. Podría haber mandado a cualquiera a recoger el premio y, de hecho, eso es lo que tendría que haber hecho. No, vine porque quería estar contigo. No me concentro cuando estoy contigo. No me puedo fiar de mí mismo cuando estoy contigo, Isobel. Cuando estoy contigo, no soy quien debería ser. Antes de conocerte, nada ni nadie me distraía de mi trabajo. He creído que podía tenerlo todo, pero veo que me he equivocado. No puedo ausentarme y seguir siendo tan bueno como se espera de mí. Lo primero es mi trabajo porque se lo debo a mi familia y a mi padre. Tú te irás en breve, pero mi trabajo tiene que seguir adelante… por eso, es mejor que no volvamos a vernos.

Isobel se quedó mirándolo, lívida, pero Ethan siguió adelante.

–No quiero que vuelvas conmigo. Quédate en esta casa todo el tiempo que quieras. Puedes trabajar con mi hermana por Internet y por teléfono, pero creo que es mejor que lo nuestro termine aquí y ahora. Tu trabajo ya está terminado, así que ya no tienes ningún compromiso con nosotros ni razón alguna para volver a nuestra propiedad.

–¿De verdad crees que todo se va a arreglar alejándome de ti? ¿Crees que si te escondes de ellos tus sentimientos desaparecerán? Tienes que ser más fuerte.

–¿Cómo? ¿Como mi padre? ¿Te crees que no cambió cuando mi madre se fue? Podría haber ido a buscarla, pero eligió quedarse y centrarse en su familia, en su bodega. Yo tengo que hacer lo mismo –declaró Ethan–. Por favor, escúchame, Isobel –le pidió al ver que ella iba a protestar–. Lo que hay entre nosotros me consume, me hace perder el control. Cuando estoy contigo, no soy yo y no me lo puedo permitir. Me voy a vestir y voy a volver a casa. Por favor, no vuelvas.

–Ethan, por favor, piénsalo antes de irte. Sé que estás disgustado, sé que lo que ha ocurrido con el vino es importante, pero ya está hecho. ¿No puedes olvidarlo y seguir adelante?

–Eso es, precisamente, lo que voy a hacer, Isobel. Seguir adelante. Somos demasiado diferentes para que una relación entre nosotros pueda funcionar. Uno de los dos siempre sufriría. Es lo que les pasó a mis padres y no quiero que me pase a mí. Mi madre era… como tú, un espíritu libre. Llegó un momento en el que no pudo soportar sentirse atada a mi padre y se fue. Quiso arrancarnos a mi hermana y a mí de nuestra tierra y de nuestra familia. No me extraña que mi padre le pagara para mantenerla a distancia. Tú y yo no tenemos futuro porque tú vas donde te lleva el viento pero yo me quedo aquí porque es lo único que tengo y no puedo permitir que lo que siento por ti me distraiga. Por eso, no quiero volver a verte.

Menos mal que no le había confesado que se había enamorado de él, que lo quería.

Isobel lo miró. Le costaba creer que aquel hombre fuera el mismo con el que había pasado la noche, con el que tanto se había reído, con el que tanto había disfrutado, el hombre que le había robado el corazón.

—Bueno, me voy —anunció—. Voy a recoger mis cosas. Buena suerte. Te deseo lo mejor y espero que seas feliz.

Dicho aquello, encontró la fuerza para girarse y alejarse de él. Luego, se metió en el baño, se dio una ducha rápida y se vistió. Cuando salió, no se molestó en ir al salón para ver si Ethan todavía seguía allí, recogió su mochila y abandonó la casa.

Isobel estaba en el aeropuerto, esperando el vuelo a África con enlace en Singapur cuando la llamaron al teléfono: era Tamsyn.

Suspiró y atendió la llamada a pesar de que hubiera preferido no tener que hablar con nadie.

–Isobel, ¿estás bien?

–Sí, Tamsyn, estoy bien –le dijo a su amiga–. Un poco liada con mi próximo proyecto. Siento mucho no haberme podido despedir de ti en persona.

–¿Por eso te has ido tan de repente? ¿De verdad? Ethan está insoportable. Sé que está disgustado por lo que ha pasado con el vino, pero yo creía que... bueno, da igual. Yo también siento no poderme despedir de ti en persona.

–Bueno, voy a tener que embarcar, así que te tengo que dejar –se despidió Isobel–. Gracias por todo y cuídate. Estaremos en contacto por correo electrónico.

–Sí, claro. Una última cosa, quiero que sepas que he decidido buscar a mi madre.

–¿Estás segura? A lo mejor, abres la caja de Pandora y sufres.

–Ya lo sé, pero necesito hacerlo.

–Lo entiendo, pero ten cuidado. ¿Me lo prometes? A veces, las cosas no salen como creemos.

Tamsyn se rio.

–¿Lo dices por propia experiencia, Isobel?

Isobel cerró los ojos.

–Sí, supongo que sí –admitió.

–Vuelve cuando quieras. Esta siempre será tu casa. Sabes que siempre podrás volver.

–Ha sido maravilloso conocerte.

–Cuídate mucho, Isobel.

***

Ethan miró a Shanal, que estaba sentada al otro lado de la mesita del romántico restaurante al que la había invitado a cenar aquella noche.

Los ojos verdes de Shanal brillaban a la luz de las velas y su melena larga y negra resplandecía. Era guapa, inteligente, cariñosa y simpática, todo lo que Ethan buscaba en su compañera de vida, por no hablar de su equilibrio y su carácter sereno.

El camarero les llevó el café. La cena estaba tocando a su fin y todavía no le había propuesto matrimonio, así que tomó aire y le rozó la mano.

Shanal lo miró sorprendida.

–Shanal, ¿tú sueles pensar en el futuro?

–Pues claro, continuamente –contestó ella con una sonrisa nerviosa.

–Yo, también –dijo Ethan con más confianza–. He estado pensando que tú y yo haríamos una buena pareja.

–Ethan, yo…

Ethan se apresuró a interrumpirla.

–Deberíamos casarnos. Somos buenos amigos, tenemos los mismos intereses y necesidades. Haríamos una pareja estupenda.

Para su sorpresa, Shanal estalló en carcajadas.

–¿Qué pasa? –se extrañó Ethan.

–Oh, Ethan, no puedes decirlo en serio.

Ethan pensó en la alianza de diamantes y esmeraldas que llevaba en el bolsillo y que había elegido porque eran del mismo color que los ojos de Shanal.

–¿Por qué dices eso?

–Porque tú estás enamorado de otra mujer –contestó Shanal–. Además, yo no estoy enamorada de ti y, me gustaría casarme por amor, porque parece que es la única manera de que un matrimonio pueda funcionar, ¿no te parece?

–Pero yo te quiero –protestó Ethan.

–Sí, y yo a ti también, pero no de esa manera –insistió Shanal–. Ethan, somos muy buenos amigos y espero que siempre lo seamos, pero entre nosotros no hay nada más que amistad. Lo hemos intentado y creo que los dos nos hemos dado cuenta de ello.

–¿De verdad?

–Claro que sí. No es que no estés enamorado de mí, es que estás enamorado de Isobel. Hay que estar ciego para no darse cuenta y estarías loco si no lo intentaras. Te lo debes a ti mismo y se lo debes a ella porque un amor como el vuestro no es fácil de encontrar.

–¿Isobel?

–Ethan, para ser un hombre tan inteligente como eres, a veces te muestras increíblemente obtuso –protestó Shanal–. Sí, Isobel. ¿Qué sentiste la primera vez que la viste?

–Sentí que había puesto luz en un lugar oscuro.

–Exacto. ¿Y qué hiciste?

–La seguí.

–¿Y luego?

Ethan recordó lo que había sucedido a continuación y supo que no iba a ser capaz de contárselo a Shanal. Ella debió de darse cuenta porque sonrió y asintió.

–¿Lo ves? –insistió–. Lo vuestro no es solo atracción, Ethan. No olvides que te conozco muy bien, así que, cuando te vi con ella, me di cuenta de que tanta insistencia por tu parte en quedar conmigo y que nuestra amistad fuera algo más, tenía que ver con tu firme decisión de luchar contra ella y contra lo que te hacía sentir –le explicó tomándose el café–. ¿De qué tienes miedo? Tienes la posibilidad de disfrutar de ese amor eterno con el que todos soñamos. Me das envidia porque eso es lo que yo quiero y lo que espero del hombre con el que algún día me case, si es que me caso, porque jamás me casaré si no es así.

–¿Estás segura, Shanal? Tú y yo podríamos formar un gran equipo –insistió Ethan una vez más, porque lo que su amiga le estaba haciendo ver lo aterrorizaba.

–Completamente segura. Disfruta del café y llévame a casa para que podamos olvidarnos de esto y volver a nuestra vida normal.

Ethan volvió a casa completamente destrozado. Le había costado mucho proponerle matrimonio a Shanal, pero lo extraño era que se sentía aliviado de que su amiga le hubiera dicho que no. Por lo visto, lo conocía mejor que él a sí mismo y aquello le hizo sonreír.

Mientras se quitaba la corbata y la dejaba en una butaca, no pudo evitar mirar hacia la cabaña que había ocupado Isobel y en la que habían hecho el amor.

La había alejado de él y ella se había ido tan contenta hacia su próxima aventura, hacia su próximo proyecto profesional, hacia otro hombre.

Aquella idea le hizo sentir un nudo en la boca del estómago que lo llevó a cerrar las cortinas con decisión. Por mucho que Shanal dijera que Isobel y él tenían una conexión especial, lo cierto era que Isobel nunca había tenido intención de quedarse con él, los dos habían sabido siempre que ya estaba con un pie en la puerta en el mismo instante de llegar, así que, aunque le hubiera propuesto que se quedara, ella jamás habría accedido.

En aquel momento, llamaron a la puerta.

–Soy yo –anunció Tamsyn–. ¿Puedo pasar?

–Claro –contestó Ethan–. ¿Qué pasa?

–Solo quería saber si te tenía que dar la enhorabuena.

–¿Lo dices por Shanal? No, no me ha aceptado.

–¡Gracias a Dios!

Ethan miró sorprendido a su hermana.

–No habrías sido feliz –le explicó Tamsyn–. Tú te mereces ser feliz.

Aquellas palabras le recordaron a las que había pronunciado Isobel cuando se había ido.

–Bueno, ahora ya no lo sabremos nunca…

–Lo sabremos si haces algo con Isobel.

–¿Cómo qué?

–Como decirle lo que sientes de verdad.

Por lo visto, todo el mundo lo conocía mejor que él a sí mismo. Tal vez, así fuera.

–¿Para qué? Mi vida está aquí y ella jamás querrá quedarse en un solo sitio.

–Podrías probar a pedírselo.

–¿Quieres que le proponga que renuncie a su vida, a su trabajo y a sus planes?

–Quiero que le propongas si estaría dispuesta a intentarlo. A lo mejor, podéis llegar a un compromiso si ambos estáis decididos a intentarlo. Jamás hubiera dicho que le darías la espalda a algo solo porque requiere un esfuerzo. ¿Qué pierdes proponiéndoselo?

–¿No se te ha pasado por la cabeza que, a lo mejor, me da miedo?

–¿A ti? –se sorprendió Tamsyn–. ¿Por qué?

Ethan tomó asiento frente a la chimenea y le indicó a su hermana que hiciera lo mismo.

–No hemos tenido el mejor ejemplo, ¿verdad? Cuando la tía Cynthia y el tío Charles se separaron, hicieron pasar a sus hijos por un infierno. Papá nos engañó haciéndonos creer que mamá había muerto y, por lo visto, ella estaba tan deseosa de perderlo de vista que no dudó en perdernos de vista también a nosotros. Incluso el tío Edward y la tía Marianne han tenido sus crisis.

–Es cierto, pero eso no significa que no haya que intentarlo. Si siempre nos fijáramos en lo difícil y en lo que sale mal, jamás avanzaríamos.

Ethan sonrió. Su hermana tenía razón y, de hecho, eso era lo que él siempre había hecho, mejorar, fijarse en los errores cometidos y no volver a repetirlos.

–Yo siempre he tenido cuidado y, por eso, nunca le he entregado el corazón a ninguna mujer.

–Ya, pero eso tiene un precio muy alto –protestó Tamsyn–. Intentas controlarlo todo, protegerte, no arriesgarte, solo apuestas cuando sabes que vas a ganar seguro y nos proteges al resto de la familia de manera casi sofocante.

Ethan la miró con tristeza.

–Cuando mamá murió… bueno, cuando nos dijeron que había muerto, para mí fue como si se desmoronara el mundo. Papá siempre estaba ocupado, así que nuestra verdadera referencia era ella. A lo mejor, tú no te acuerdas de cómo nos trataba. Una vez, estaba arreglada para irse a tomar el té con unas amigas, pero se enteró de que nos íbamos a ir con los primos a dar una vuelta, se quitó los tacones, se puso unas sandalias, y se vino con nosotros. Así, sin más. Siempre estaba ahí, muy presente en nuestras vidas y, de repente, dejó de estar. Cuando estábamos en el hospital, papá me pidió que siempre cuidara de ti y eso es lo que hecho aunque reconozco que, a lo mejor, me he excedido a veces.

–No te juzgues con dureza –lo tranquilizó Tamsyn con cariño–. Eres un hermano maravilloso, pero ahora he crecido y, cuando necesite ayuda, ya te la pediré. No te lo tomes a mal, ¿de acuerdo? Pero ahora ya no hace falta que tomes decisiones por mí.

Ethan aceptó sus palabras y supo que lo que su hermana le pedía era lógico y normal y que lo decía por su madre.

–Vas a buscarla, ¿verdad?

–Necesito hacerlo –contestó Tamsyn con naturalidad.

Ethan suspiró.

–Entonces, cuenta conmigo. Estoy dispuesto a ayudarte.

–Gracias.

Ethan sonrió.

–Yo también estoy dispuesta a ayudarte a ti.

–¿Con qué?

–Con Isobel. Estoy dispuesta a ayudarte para que vuelva. Ya que estás dispuesto a permitir que yo tome mis propias decisiones, haz lo mismo con Isobel, deja que tome sus propias decisiones. Dile lo que sientes por ella y a ver qué pasa.

–Ni siquiera sé dónde está y, además, apenas nos conocemos.

–Puedes empezar por leer su blog –le aconsejó Tamsyn–. Así, entenderás lo que es importante para ella –añadió– y sabrás lo que tienes que hacer, que es lo que a ti te gusta, saber lo que tienes que hacer. Buenas noches.

Ethan le dijo adiós con la mano y se quedó a solas con sus pensamientos.

Fue entonces cuando se dio cuenta de que en su excesiva decisión de hacer siempre lo correcto y de ser siempre el hombre justo, probablemente había dejado pasar lo mejor que le había sucedido en la vida.

No sabía si iba a conseguir convencer a Isobel para iniciar una relación con él, pero tenía que intentarlo, así que tenía que conseguir que volviera.

Capítulo Nueve

A la mañana siguiente, a Ethan le dolían los ojos. Se había pasado casi toda la noche leyendo el blog de Isobel y ahora se sentí avergonzado de cómo la había tratado. La había tenido por una mujer superficial, bohemia e incapaz de comprometerse cuando, en realidad, no era así en absoluto.

Era cierto que siempre iba de un lado para otro, sin apegos ni ataduras, pero utilizaba aquella libertad para ayudar a otros.

Las fotografías que tenía colgadas en su página, llenas de pobreza y de devastación, de niños sin hogar y de familias sin raíces así lo demostraban. Se trataba de fotografías realmente emotivas en las que Isobel había sabido tratar a las personas con dignidad y respeto.

Él, sin embargo, no la había tratado a ella con dignidad ni con respecto y sentía muy mal.

Nunca se había molestado en comprender por qué le gustaba tanto a Isobel su trabajo, mientras que ella le había preguntado muchas veces por el suyo. Ethan necesitaba tener la oportunidad de volver a hablar con ella.

Cuando terminó de trabajar aquel día, volvió a mirar el blog y volvió a leer algunas cosas que Isobel había escrito: hablaba del descanso que se había tomado en el sur de Australia y las ganas que tenía de volver al campo de refugiados para seguir con el trabajo que había dejado empezado antes de aquel proyecto.

Ethan sintió que la sangre se le helaba en las venas. Lo que estaba haciendo era investigar las mafias que ayudaban a pasar a los refugiados de un país a otro y que se aprovechaban de la situación de guerra de la zona para hacer dinero.

Se estaba jugando la vida.

La última entrada del blog era de hacía dos semanas. Nada desde entonces.

Ethan abrió otra ventana en Internet y realizó una rápida búsqueda. Se quedó de piedra al leer que habían detenido a una fotógrafa extranjera en la zona en la que ella estaba. Las fechas coincidían. Tenía que ser Isobel.

Isobel se sentía sucia y sin fuerzas, tenía el pelo pegajoso, mucha hambre y había comenzado a perder la noción del tiempo. Sabía que aquello era peligroso. Era consciente de que podía desaparecer, como tantos otros...

Apenas oyó que abrían la puerta de la celda que compartía con otras veintisiete prisioneras.

–¿Isobel Fyfe?

–Sí, soy yo –contestó con voz débil.

–Venga conmigo.

–¿Qué ocurre? ¿Adónde me lleva? –preguntó.

Pero la mujer no le contestó. Llegaron frente a una puerta y la abrió. Al ver que Isobel no entraba, la empujó dentro y cerró con llave. Isobel miró a su alrededor y golpeó la puerta, pero nadie acudió en su ayuda.

Transcurrieron lo que le parecieron diez minutos, aunque podría haber sido una hora, y la puerta se volvió a abrir. Apareció un hombre mayor vestido de traje. Era tan blanco que era evidente que no era de allí.

—Señorita Fyfe, me alegro de haberla encontrado. Soy Colin James, de la embajada de Nueva Zelanda. He venido a sacarla de aquí.

—¿De verdad? ¿Pero cómo sabía que estaba aquí? —se sorprendió Isobel.

—Digamos que tiene usted amigos muy influyentes y, además, lo importante es que ya no hay cargos contra usted, así que vámonos cuanto antes.

Isobel no discutió, pero había algo que necesitaba saber

—¿El hombre al que detuvieron conmigo…?

—Lo siento —se disculpó el señor James diciéndole todo lo que necesitaba saber con la mirada.

Isobel sintió un terrible dolor, pero se dijo que no era el momento, que cuando estuviera lejos de allí, a salvo, ya lloraría.

Isobel tragó saliva y siguió al señor James fuera de aquella terrible cárcel. Mientras se marchaban, el delegado de la embajada le contó que le habían confiscado todo el material fotográfico y que había conseguido que le devolvieran el pasaporte con el compromiso de por vida de no volver a poner un pie en aquel país porque la habían declarado enemiga del régimen.

Siempre había creído que, si la situación se ponía difícil, estaría preparada para cualquier cosa pero no había sido así. Seguía estando muy comprometida con su trabajo, pero no quería perder la vida. A lo mejor, había llegado el momento de aprender a tener más cuidado.

Lo único que le había impedido no volverse loca había sido pensar en los Masters, en los viñedos y en la mansión en ruinas en lo alto de la colina que le recordaba que, a pesar de las adversidades, la vida continúa.

Y, por supuesto, pensar en Ethan la había mantenido con vida.

Hizo noche en Singapur antes de viajar a Nueva Zelanda para poner orden en su vida y dilucidar cuáles eran sus prioridades.

Saberse responsable de la muerte de su guía se le hacía insoportable. Aquel hombre había pagado con su vida el error que ella había cometido.

Cuando llegó a Auckland, alquiló un apartamento y se pasó un mes recuperando fuerzas. Se despertaba gritando por las noches, recordando la cárcel, aterrorizada. Había días en los que estaba bien, con fuerzas para volver a hacer fotografías, pero otros en los que no hacía más que perderse en sus pensamientos.

Cuando estaba bien, era consciente de que estaba pasando el duelo por su guía y por todas las personas a las que no había podido ayudar, por sí misma y por la vida que había dejado atrás, por el amor de un hombre que no la podía amar y por su madre, de la que no se había podido despedir.

Llevaba buena parte de su vida huyendo, yendo de un sitio para otro, evitando las ataduras. Hasta que no se había visto incapaz de moverse, literalmente, encerrada en una celda, no se había visto obligada a examinar su vida; y no todo lo que había encontrado le había gustado. Había llegado el momento de conectar consigo misma, dejar atrás el pasado y de lidiar con lo que quería para el futuro.

Llevaba aproximadamente un mes y medio en casa cuando descubrió por fin el lugar exacto en el que su madre estaba enterrada. Sobre la tumba había una pequeña y desgastada cruz de madera, insignificante recuerdo de la persona que había sido su madre y de lo que su padre y ella habían dejado atrás cuando habían dejado Nueva Zelanda.

Isobel cayó de rodillas al suelo. Su madre se merecía más. Se merecía que la recordaran de otra manera. Tal vez, su padre no había encontrado otra manera de hacer frente a la muerte de su esposa, pero a Isobel no le parecía justo hacia aquella mujer que lo había querido tanto que la dejara atrás sin ni siquiera un funeral en su memoria.

Isobel perdió la noción del tiempo, allí arrodillada sobre la hierba a solas con sus pensamientos y recuerdos. Cuando se puso en pie, sintió frío y le dolían las piernas, pero, a pesar de sentirse mal físicamente, se sentía muy bien espiritualmente. Sentía mucha paz en su interior.

En cuanto llegó a casa, se puso a buscar en Internet una lápida que le pareciera digna de su madre con la idea de mandar que grabaran su verso preferido y su nombre.

Cuando terminó con aquello, se metió en su propio blog, tomó aire y se puso a mirar las últimas fotografías que había subido en África antes de que la detuvieran junto a su guía y lloró y lloró sin parar. Luego, escribió y escribió sin parar y, por fin, se durmió.

Al día siguiente, estaba sentada en una cafetería consultando de nuevo el blog cuando vio una entrada de Tamsyn, que le pedía que le mandara un mensaje privado.

No quería saber nada de Ethan y, si se ponía en contacto con su hermana, sin duda su amiga le contaría cosas de él.

A última hora de la tarde leyó un artículo de sociedad en un periódico en el que mencionaban a Tamsyn. Por lo visto, estaba de visita en Auckland.

Sin pensar lo que hacía, le mandó un correo electrónico y, para su sorpresa, Tamsyn le contestó inmediatamente invitándola a comer al día siguiente con ella.

Cuando vio a Tamsyn en el vestíbulo del hotel donde se habían citado, Isobel tuvo que hacer un gran esfuerzo para no salir corriendo y abalanzarse sobre su amiga. En aquel momento, se dio cuenta de lo mucho que la había echado de menos.

–Oh, Dios mío, Isobel, has adelgazado mucho. ¿Te encuentras bien? –le preguntó Tamsyn abrazándola con fuerza–. Estás demasiado delgada.

En cuanto estuvieron sentadas a la mesa, su amiga la tomó de la mano y siguió hablando.

–Cuéntamelo todo –urgió–. ¿Estás bien? He leído tu blog y supongo que habrá sido terrible.

Isobel sonrió débilmente.

–Es una manera de decirlo, sí.

–Menos mal que estás sana y salva y en casa. ¿Qué has estado haciendo desde que volviste?

Isobel se encogió de hombros.

–Nada. He encargado una lápida preciosa para la tumba de mi madre y ya está. No tengo motivación para ponerme a trabajar. La verdad es que, en estos momentos, me siento un tanto perdida.

–Has pasado una época muy dura –la tranquilizó Tamsyn–. Tienes que dar tiempo al tiempo. En algún momento, comenzarás a encontrarte mejor.

Tamsyn la miró preocupada e Isobel sintió que se le saltaban las lágrimas.

–Ni siquiera te he preguntado cómo te va a ti –comentó Isobel intentando controlarse.

–Yo estoy bien, pero preocupada por ti, Isobel. No pareces tú. Sé que ha sido una experiencia aterradora y que vas a necesitar tiempo para recuperarte, pero la Isobel que yo conocí no permitiría que nada ni nadie le robara su vida.

–Tienes razón. He permitido que me ganaran y tengo que defenderme –contestó Isobel.

–Tal vez lo que necesitas es alejarte un poco para recuperarte, para volver a tener fuerzas. ¿Te has parado a pensar por qué te está costando tanto recuperarte?

–No, la verdad es que no –reconoció Isobel.

–A lo mejor, deberías hacerlo. A lo mejor, deberías pensar en que una parte de esa tristeza y falta de vitalidad que te acompaña se debe a que echas de menos a Ethan.

Isobel dio un respingo.

–¿Por qué dices eso? Me dijo que me fuera porque lo distraía y no le dejaba a trabajar.

Tamsyn se rio.

–¿Te dijo eso? ¿De verdad? ¿Se te ha ocurrido que a lo mejor estaba asustado? ¿Que a lo mejor le daba miedo enamorarse de ti? Mira que sois diferentes. Os complementáis a la perfección.

–Por lo visto, yo no soy tan perfecta como Shanal.

–Mi hermano no se va a casar con Shanal. Son muy amigos, pero no están hechos el uno para el otro y lo saben. Isobel, deberías pensar muy tranquilamente lo que vas a hacer con tu vida, mira dentro de ti y sigue los designios de tu corazón.

–Siempre lo he hecho, siempre me he movido en la vida siguiendo mi corazón. Por eso estoy tan bien considerada en el mundo de la fotografía.

–No me refiero al mundo profesional. Está muy bien trabajar por buenas causas, pero yo me refiero al amor de verdad. Piénsalo, Isobel. El amor de verdad mueve montañas y… gobiernos.

Isobel miró atentamente a su amiga. ¿Le estaba dando a entender lo que ella creía? El representante de la embajada de Nueva Zelanda que había ido a rescatarla a África había mencionado que tenía mucha suerte de tener amigos influyentes.

–¿Me soltaron gracias a Ethan? –preguntó.

–Me hizo prometer que jamás se lo contaría a nadie, pero, ya que tú solita te has dado cuenta, no te voy a mentir.

Isobel no sabía qué pensar de todo aquello. No se lo esperaba en absoluto.

–Te quiere, Isobel, y yo sé que tú también lo quieres a él. Gracias a su carácter, te encontró y te devolvió a casa. ¿No podríais encontrar una manera de que las cosas funcionaran entre vosotros? Los dos lo estáis pasando muy mal.

–Tampoco lo pasábamos demasiado bien cuando estábamos juntos. Nos pasábamos todo el día peleándonos –contestó Isobel intentando bromear, pero Tamsyn no estaba para bromas y la miró con dureza.

–A lo mejor os peleabais porque luchabais contra lo que sentíais en lo más profundo de vosotros. Por favor, Isobel… ¿es que acaso no quieres ser feliz?

–Por supuesto que quiero ser feliz y lo soy… más o menos.

–De verdad que entre vosotros dos vais a acabar con mi paciencia. No hace falta que tomes una decisión ahora mismo. Piensa tranquilamente en lo que te he dicho, en lo que sientes en lo más profundo de ti misma, en lo que de verdad es importante. Yo he cumplido con mi parte.

–Gracias –contestó Isobel poniéndose en pie y abrazando a su amiga–. No te merezco.

–Claro que me mereces. Y mucho más, así que aprovéchalo, Isobel. Has estado a punto de morir sin haberte dado la oportunidad de vivir de verdad. ¿No te lo debes a ti misma?

Isobel estuvo a punto de decirle que había vivido su vida intensamente, pero comprendió que, a pesar de haber viajado por todo el mundo, jamás había arriesgado el corazón, jamás había dado el salto y había puesto su felicidad en manos de otra persona.

Ethan miró por la ventana de su despacho y vio que se acercaba un pequeño descapotable rojo que no reconoció. No sabía que estuvieran esperando ninguna visita aquel día.

Sintió que el corazón le daba un vuelco cuando reconoció a la rubia que se bajó del asiento del conductor.

¡Isobel!

Sin pensarlo dos veces, salió del despacho. A lo mejor, se había equivocado y no era ella… pero no, claro que era ella. Estaba más delgada y más pálida, no era la brillante mariposa que recordaba, pero era ella.

Ethan sintió que su instinto protector lo llevaba a correr hacia Isobel, tomarla entre sus brazos y asegurarle que el mundo podría volver a ser un lugar maravilloso, pero no lo hizo.

La miró, se dio cuenta de que había perdido peso, que tenía la piel apagada y el cabello estropeado. No era la que solía ser, pero estaba viva.

Y estaba allí.

–¿Es cierto? –le pregunto ella a bocajarro–. ¿Me han soltado gracias a ti?

–Sí –admitió Ethan.

–¿Cómo lo conseguiste?

–Pidiendo que me devolvieran favores que me debían –le explicó Ethan sin mencionar los cientos de llamadas telefónicas y de correos electrónicos que tuvo que hacer.

–Pues menudos favores te debían –comentó Isobel.

Ethan no contestó. Había movido cielo y tierra para salvarla y volvería a hacerlo. Lo único que lamentaba era no haber podido estar allí para abrazarla al salir de la prisión, pero había sido imposible. Para empezar, porque hubiera preferido que Isobel nunca se enterara que él había tenido nada que ver en su proceso de liberación, ya que no quería que se sintiera en deuda con él.

Había creído que no volvería a ver a Isobel y, sin embargo, la tenía delante de él.

–¿Por qué lo hiciste? –le preguntó Isobel apretando los puños con fuerza.

–Será mejor que entremos en casa a hablar.

Hace frío y me parece que se te están poniendo los labios morados.

Isobel permitió que la agarrara del brazo y la condujera al interior de la casa. Instaló a Isobel en el sofá del salón y echó otro leño. Luego, se sentó a su lado, la tomó de las manos y esperó a que dejara de temblar.

–Perdona por haberte hablado así –se disculpó Isobel.

–No te preocupes. Voy a preparar té. Espérame aquí, junto a la chimenea.

Ethan tardó aproximadamente cinco minutos en volver, pero se le hizo una eternidad. Por fin, cuando volvió, rezó para que al abrir la puerta Isobel siguiera allí y no hubiera sido todo producto de su imaginación.

Afortunadamente, allí seguía, sentada en el sofá donde la había dejado. Ethan le sirvió una taza de té.

–Gracias –le dijo ella aceptando la taza con ambas manos para entrar en calor y llevándosela a los labios–. Bueno, Ethan, cuéntame por qué te esforzaste tanto para que me liberaran.

–Te lo ha contado mi hermana, ¿verdad? Mira que le dije que…

–Le obligué a contármelo porque necesitaba saberlo. Por eso he venido.

Ethan sintió que los hombros se le desplomaban y que se quedaba sin fuerzas. Así que no había vuelto por amor sino por gratitud.

–¿Solo has venido para darme las gracias? No hacía falta. Lo único que quiero es que seas feliz y que estés bien.

–¿Por qué es tan importante para ti?

Ethan se dio cuenta de que Isobel no se iba a dar por vencida hasta que no le hubiera contado la verdad, así que la miró a los ojos y rezó para que fuera lo suficientemente fuerte como para aguantar la verdad.

–Porque te quiero, Isobel Fyfe. Si fuera necesario, movería montañas por ti.

Isobel se sonrojó, pero no dijo nada. Entonces, para sorpresa de Ethan, se le arrugó la cara, se le cerraron los ojos y comenzó a llorar con tremendos sollozos.

Ethan le quitó la taza de las manos antes de que se cayera y la abrazó como si pudiera absorber su tristeza. La acompañó en su llanto y se limitó a abrazarla y a dar gracias a Dios de que estuviera bien.

Al cabo de un rato, Isobel dejó de llorar y se apartó un poco.

–Lo siento –se disculpó secándose las lágrimas–. No he vuelto a ser la misma desde…

Ethan no quería detalles y no se los preguntó porque sabía que la experiencia había sido muy dura.

–No pasa nada –la tranquilizó–. Lo único que importa es que estás bien y que estás aquí, conmigo.

–¿Me quieres? –le preguntó Isobel en voz baja, como si no se lo pudiera creer.

–Te quiero con todo mi corazón –confesó Ethan.

Isobel se estremeció y lo miró a los ojos.

–Nadie me ha querido así nunca.

–A lo mejor porque nunca has permitido que nadie se te acercara tanto –contestó Ethan–. ¿Me lo vas a permitir a mí, Isobel? ¿Me vas a permitir vivir en tu corazón para siempre?

–Lo estoy deseando.

Ethan se dio cuenta de que seguía asustada y supo lo que tenía que hacer.

–Isobel, no pasa nada. Si tú también me quieres, está bien dejarnos llevar por los sentimientos, pero, si no me quieres, tampoco pasa nada. Podría vivir con ello ahora que sé que estás bien. Me ha llevado mucho tiempo darme cuenta de ello, pero ahora sé que eres lo más importante que tengo en la vida. Siempre estaré aquí, para lo que necesites. Sé lo importante que es para ti el trabajo, sé lo buena fotógrafa que eres y comprendo que necesitas viajar y que no te puedo atar a este lugar, pero, si me lo permites, te apoyaré en todo… siempre y cuando vuelvas de vez en cuando.

Isobel escuchó aquellas sencillas palabras cargadas de verdad y sintió terror y esperanza a la vez. Comprendió que aquellas palabras eran sanadoras, que estaban sanando el vacío tan terrible que la acompañaba desde hacía tanto tiempo.

Miró a Ethan con ojos renovados. Ethan la quería. Aquello era un regalo porque, además, no le estaba pidiendo nada a cambio, solo que le quisieran. No había demandas ni expectativas. Lo que Ethan le estaba ofreciendo era que pudiera seguir siendo ella misma, con total libertad, que hiciera lo que quisiera, como había hecho durante toda su vida.

Aquel era el verdadero amor, la libertad, el dar y recibir.

¿Sería Ethan un compañero de vida de verdad? Era evidente que estaba dispuesto a intentarlo. ¿Y sería ella la mujer que él necesitaba? Quería serlo por encima de todo.

Si todo salía bien y el compromiso entre ellos de verdad era auténtico, conocerían la libertad absoluta del amor incondicional.

Isobel entrelazó sus dedos con los de Ethan y se llevó sus manos a los labios para besarle los nudillos.

—Gracias —le dijo—. Gracias por ser tú, por quererme y por darme libertad.

—Isobel, a ti es muy fácil quererte.

—¿Por qué este cambio? Me pediste que me fuera porque, según tú, estabas convencido de que no podíamos estar juntos.

Ethan suspiro y asintió, avergonzado.

—Me equivoqué. Tenía miedo. Ya sé que no es excusa, pero no pude con el peso de mis propios sentimientos y preferí apartarte. Fue una estupidez porque estuve a punto de perderte para siempre. Tal vez jamás me perdone mi estupidez.

—Me habría ido de todas maneras porque tenía una misión que cumplir.

—Lo sé y jamás me habría interpuesto en tu camino.

–Lo importante es que ahora estoy aquí.

–Cierto y me gustaría pensar que es para siempre, pero sé que no puedo pedirte eso. Quiero que sepas que siempre tendrás un lugar aquí conmigo. Lo digo en serio, Isobel. Ven cuando quieras, vuelve cuando quieras. Estoy dispuesto a aceptar tus normas porque soy tuyo.

Isobel sintió que el corazón le explotaba de felicidad. Todavía tenían mucho camino por delante, pero tenía ante sí a un hombre orgulloso ofreciéndose en bandeja ante ella.

–Nunca me he visto pasando toda la vida con alguien y echando raíces en un sitio. Llevo toda la vida de un lado para otro.

–A lo mejor, podría acompañarte en alguna ocasión.

–Buena idea –contestó Isobel sonriendo y tomándole el rostro entre las manos–. Me encantaría que lo hicieras y, cuando no puedas venir conmigo, vendré yo aquí.

Dicho aquello, lo besó saboreando sus labios y sintiéndose profundamente feliz de estar allí, con él. Se quedaron un buen rato medio tumbados en el sofá, abrazados y pensativos y, al final, Isobel tomó la decisión de contarle a Ethan por qué había vuelto.

–Cuando me fui, ya sabía que estaba enamorada de ti, así que me fui aterrorizada. Aunque quería que me pidieras que me quedara, supongo que me habría ido de todas maneras –le contó–. Ahora me doy cuenta de que es perfectamente seguro querer a alguien y entregar el corazón. Bueno, no es eso lo que quería decir. En realidad, lo que quería decir es que me siento segura queriéndote a ti porque, aunque sé que tienes capacidad para hacerme daño, después de lo que has hecho por mí, no me lo harías. Para mí, darme cuenta de que estaba enamorada de ti ha sido una gran lucha, pero, cuando estaba en aquella celda con otras muchas mujeres, no podía parar de pensar en ti y eso me ayudó a no volverme loca –añadió acariciándole el pelo–. Antes de irme, me preocupaba no encajar aquí, contigo, con tu familia, pero ahora comprendo, al saber que me quieres, que tengo un espacio aquí, que por fin puedo echar raíces. Siempre y cuando sea a tu lado.

–Si tú me lo permites, yo siempre estaré a tu lado. No quiero volver a separarme de ti, Isobel. Sé que tendremos que separarnos en algunos momentos por tu trabajo, pero quiero ir contigo y saber que vas a volver a mi lado. Déjame ser tu hogar allí donde te acompañe. Siempre que esté contigo, tendrás un hogar.

–Ahora me doy cuenta de que así será. Me he pasado toda la vida huyendo del compromiso porque me daba miedo confiar en otra persona.

Ethan suspiró y le acarició la espalda.

–Te entiendo perfectamente. Me he pasado demasiados años de mi vida repitiendo el ejemplo de mi padre y no quiero seguir haciéndolo. Necesito aprender a ser más flexible y a fluir con más facilidad, a compartir las responsabilidades y a permitir que otras personas tengan cabida en mi vida.

Isobel lo miró a los ojos.

–¿Por ejemplo, yo?

–Por supuesto, Isobel. Especialmente, tú.

Dicho aquello, la abrazó con fuerza, como si nunca la fuera a soltar y, por primera vez en su vida, Isobel no se sintió agobiada.

–Siempre he pensado que me perdería a mí misma si quería a alguien como te quiero a ti –confesó–, pero ahora comprendo que no se trata de eso, que no se trata de dejar de ser yo misma sino de llenar esa parte de mí misma que estaba vacía hasta este momento. Tú eres la persona que quiero que ocupe ese lugar, Ethan. Me siento completa cuando estoy contigo y sé que solo soy media persona cuando estamos separados. Tuve que irme para entender todo esto.

–Si es así, ha merecido la pena la agonía de los últimos dos meses, el esperar sin saber si ibas a volver conmigo.

–Siempre volveré contigo –le prometió Isobel–. A lo mejor, algún día estaré preparada para quedarme para siempre y llevar una vida más tranquila, para formar una familia y planear un futuro juntos.

–Ojalá llegue pronto ese día –sonrió Ethan–. Mientras tanto, permíteme que te demuestre lo contento que estoy de volver a verte.

Y así lo hizo.

Durante toda la noche.

Acepte 2 de nuestras mejores novelas de amor GRATIS

¡Y reciba un regalo sorpresa!

Oferta especial de tiempo limitado

Rellene el cupón y envíelo a
Harlequin Reader Service®
3010 Walden Ave.
P.O. Box 1867
Buffalo, N.Y. 14240-1867

¡Sí! Por favor, envíenme 2 novelas de amor de Harlequin (1 Bianca® y 1 Deseo®) gratis, más el regalo sorpresa. Luego remítanme 4 novelas nuevas todos los meses, las cuales recibiré mucho antes de que aparezcan en librerías, y factúrenme al bajo precio de $3,24 cada una, más $0,25 por envío e impuesto de ventas, si corresponde*. Este es el precio total, y es un ahorro de casi el 20% sobre el precio de portada. !Una oferta excelente! Entiendo que el hecho de aceptar estos libros y el regalo no me obliga en forma alguna a la compra de libros adicionales. Y también que puedo devolver cualquier envío y cancelar en cualquier momento. Aún si decido no comprar ningún otro libro de Harlequin, los 2 libros gratis y el regalo sorpresa son míos para siempre.

416 LBN DU7N

Nombre y apellido	(Por favor, letra de molde)
Dirección	Apartamento No.
Ciudad	Estado	Zona postal

Esta oferta se limita a un pedido por hogar y no está disponible para los subscriptores actuales de Deseo® y Bianca®.
*Los términos y precios quedan sujetos a cambios sin aviso previo.
Impuestos de ventas aplican en N.Y.

SPN-03   ©2003 Harlequin Enterprises Limited

Bianca

Si quería seguir adelante con el engaño, tendría que comportarse como una esposa devota… tanto en público como en la intimidad

«¡Dante Romani se compromete con su empleada!». Paige Harper no podía creerse que su pequeña mentira hubiera llegado a la prensa. La única manera de poder adoptar a la hija de su mejor amiga era fingir que estaba comprometida con su jefe, pero no había contado con las consecuencias…

La prensa se había pasado años alimentando la mala imagen de Dante. Quizá aquel falso compromiso fuera la oportunidad para mejorar su reputación, pero él pondría las condiciones…

Esposa en público…
y en privado

Maisey Yates

Lo mejor de su vida

MARY LYNN BAXTER

Cal Webster era un experto desvelando secretos. Sin embargo, se le había pasado por alto uno muy importante: su exmujer le había ocultado su embarazo y, lo peor de todo, le había dado el bebé al enemigo.

Cal estaba decidido a conseguir la custodia de su hijo y, cuando descubrió que era la hermana de su exmujer quien lo estaba cuidando, se embarcó en la misión más importante de su vida. Haciéndose pasar por un desconocido, la seduciría para averiguar todo lo que pudiera y así recuperar lo que era suyo. Pero no había contado con que la farsa pudiera volverse tan real.

No dejaría que nada se interpusiera
en su camino

¡YA EN TU PUNTO DE VENTA!